瑞蘭國際

我的第一堂 韓語發音課

游娟鐶老師的韓語發音祕笈

中國文化大學韓國語文學系

游娟鐶 博士 著

學好韓語發音的快捷方法

　　非常感謝讀者的厚愛與支持，打從拙作《我的第一堂韓語課》出版以來，至今已經達到11刷的記錄，而《我的第二堂韓語課》的出版，也有4刷了。有這樣的成績，一方面令我感到振奮，另一方面又讓我覺得汗顏，因為還有許多需要修改與進步的空間。目前坊間到處可見有關學習韓語的書籍，能有如此佳績，是讀者對我的肯定與鼓勵，也是督促我更加努力的原動力。之前出版的這二本書，個人自覺才疏學淺，又常因雜務繁忙，教材難免出現漏失、錯誤，在此致上歉意。但由於編寫優良的韓語學習教材，是我個人的心願，藉由書籍的出版，能有教學相長的效果，所以這次的出書，也等於給了我再度學習的機會。

　　近年來，韓國不斷地提升國力，在世界的能見度也隨之提高，以往國人不重視的韓語，可謂突然鹹魚翻身，學習韓語的人口每年都在快速增加。從2005年開始，在台灣舉辦首次的韓語檢測，報考人數才500多人而已，截至2011年9月所舉辦的韓語檢測，報考人數已達3000人之多的情況來看，足以證明國人學習韓語已經蔚為風潮。以往我編輯的教材，主要著重在初學者身上，以過來人學習韓語的經驗，整理、分析、歸納出易學、易懂的韓語快速學習法。這次又經瑞蘭國際的抬愛，希望我能夠寫出一本掌握學習韓語發音的訣竅、易記、易說的《我的第一堂韓語發音課》，分享我多年來的教學經驗。經過多次與瑞蘭國際的討論，感謝大家提供寶貴的意見，我把與吳惠純老師共同發表在2010年10月26日舉辦之第5屆韓國學國際學術會議中的論文——「台灣地區韓語發音教學法之應用」重點資

料，加以統整、補充說明後，這本深具游氏風格的書籍又要上市了。它不譁眾取寵，也不高深莫測，我只是把初學者認為難學的韓語基礎發音，變得簡單了。

　　本書的重點在於跳脫僵硬、無趣無味、冗長多變的發音變化，用循序漸進的方法，淺顯易懂的文字解釋，明白地告訴大家，韓語發音並不艱澀、難懂，它是有跡可循的，它是容易學習的。尤其是對於會說閩南語或客家話的讀者而言，也可以算是一套另類又快速便捷的學習方法。

　　再次感謝瑞蘭國際有限公司的菁英們，費心地編排、校對，讓單調、枯燥無味的韓語發音學習法教材能夠閃亮登場，再加上有來自韓國首爾的錄音員，響亮、清脆、字正腔圓的錄音陪伴，相信大家在他們的正確示範發音帶領下，必定能夠學得滿口標準的韓國話。

　　各位！您準備好了嗎？經常與本書作伴，多聽、多看吧！相信多聽千遍，多看萬遍，也不會讓您覺得厭倦！雖然不敢保證大家都能夠完全像韓國人一樣，但是，我們相信只要學完《我的第一堂韓語發音課》後，一定會讓大家有如獲至寶、物超所值的感受。

游娟鐶　吳연熙

寫於華岡2012年7月

如何使用本書

♠ **STEP1：先學會韓語基礎字母發音和習寫！**

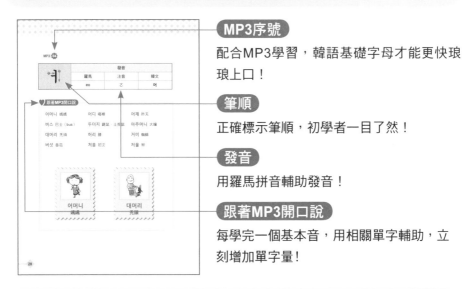

MP3序號

配合MP3學習，韓語基礎字母才能更快琅琅上口！

筆順

正確標示筆順，初學者一目了然！

發音

用羅馬拼音輔助發音！

跟著MP3開口說

每學完一個基本音，用相關單字輔助，立刻增加單字量！

♠ **STEP2：運用多元有趣的練習，增進韓語發音的實力和信心！**

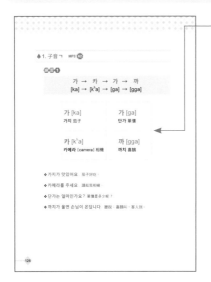

韓語四格發音學習法

教你輕鬆學會「微氣音」-「送氣音」-「不送氣音」-「硬音」的發音要領！

*[　] 內是韓語的讀音、漢字或外來語原文

多元練習法

透過生動活潑的「文字接龍」、「繞口令」、「倒裝字」練習,幫助你韓語咬字更正確,輕鬆學會數百個韓語常用單字!

♠ STEP3:將韓語基礎發音融入生活,倍增學習成效!

豐富實用的附錄

本書提供近600個「常用韓語字羅馬標音」及數百個「韓語漢字與閩南語發音」的對照表,供初學者對照學習。另有「韓語標準語規定」、「羅馬字表(標)記法」韓國官方施行規定,給初學者參考!

目 次

시작이 반이다.

好的開始是成功的一半。

前言

（一）出版緣起

♠ 1. 韓語世界化運動

韓國總統金大中執政期間制定了「文化立國」的施政方針，頒布了「國民政府文化政策」、「發展文化產業五年計劃」、「推動文化產業計劃」、「振興電影產業綜合計劃」、「培養文化人才計劃」。

由於韓國全國人民共同努力推動「文化產業政策」的結果，透過韓國電影、連續劇的輸出，帶動「韓流風潮」，為韓國賺取可觀的外匯，創造出輝煌亮麗的成績單。韓國成功地實施「文化產業政策」，不僅改善了韓國的財政、金融、經濟問題，而且也增加了韓國在國際間的「知名度」，提升了國家形象，可謂是「名利雙收」之舉。不可諱言，「韓流風潮」的確為韓國創造出難能可貴的「附加價值」。

盧武鉉總統執政，蕭規曹隨，在金大中既有推動「文化產業政策」的良好基礎之上，繼續發揚光大。韓國政府深知，語言是文化的載體，當全世界都在普遍地學習一個國家的民族語言時，就能提升該國的國際地位與影響力。只有全世界都能接受韓國的文化和語言，韓國才能擁有「軟實力」，韓國具備「軟實力」的話，韓國就能享有崇高的國際地位與擁有對國際事務的影響力。韓國為了提升國際地位，由文化體育觀光部、教育人的資源部、外交通商部，共同推行「韓語世界化運動」，希望能夠帶動外國人學習韓語的風潮，增加使用韓語的人口，進而培養「親韓」、「知韓」的外國人士，達到發揮影響力於無形的效果。「文化立國」與「經濟建國」是韓國政府施政的兩大主軸，韓國政府「以文化帶動經濟」、「以經濟促進文化」兩者相輔相成，完美達到成「一石兩鳥」的目標。韓國為了發揚韓

國文化，達到韓語世界化的目的，全方位地展現積極的作為。韓國文化觀光部長金明坤於2007年2月宣布，韓國會在世界100個地區開辦「世宗學堂」，把韓國語言和韓國文化傳播到全世界，尤其是，韓國表示重視中國地區，將會在5年內，分階段在中國各地開設20至30所「世宗學堂」。[1]

　　李明博總統執政以後，把2009年訂為「推動韓語世界化」的轉換年，明確地宣示韓國想要發揚「韓國文化」與「推動韓語世界化」的意願與強烈的企圖心。韓國文化體育觀光部和國立國語院於2009年10月7日至9日，在首爾主辦了一個名稱為「2009年世界韓語教育者大會」的國際學術研討會，邀請63個國家和韓國國內有關韓語教育的專家學者300餘名，共聚一堂，針對韓語教育的議題，發表了精闢的見解和論述，交換了韓語教學的心得與感想，凝聚了「推動韓語世界化」的共識。不僅如此，韓國文化體育觀光部決定於2015年以前，要像中國在海外設立「孔子學院」一樣，在全球設置150所「韓語學堂」，並且要把韓國在海外設立的其他類似設施一律改名為「世宗學堂」，全力推行「韓語世界化運動」，期盼能把韓國建立為強大的文化國家。[2]

---

[1] 2007年2月8日新華網報導。
（資料來源：http://news.xinhuanet.com/world/2007-02/08/content_5714866.htm）

[2] 2009年10月10日大紀元報導。
（資料來源：http://www.epochtimes.com/b5/9/10/10/n2684305.htm）

♠ 2. 研究、出版的動機與目的

　　身為台灣人民的筆者，累積了30餘年韓語的教與學經驗。從筆者接觸韓語的心路歷程來看，過去經歷過韓語學習者的角色，而今則擔任韓語教學者的角色，完整地扮演了韓語學習者與韓語教學者兩種角色。由於兩種身分與立場的不同，筆者不僅體會到韓語學習者的艱難困苦，感受到韓語學習者的切身需求，而且也掌握到韓語教學者的秘訣竅門，深知韓語教學者應該提供韓語學習者什麼樣的學習方法與實際應用，才能讓學習大眾快速入門。

　　眾所周知的事實，「聽、說、讀、寫、譯」不僅是每一個韓語學習者追求的最高目標，而且也是每一個韓語教學者的指導原則。筆者認為正確的韓語發音是學好韓語的根本，必須奠定正確的韓語發音基礎，才能說出流利順暢而又標準的韓語。因此，唯有具備韓語正確發音的條件以後，才能期待學好其他層次的韓語。

　　筆者經歷了台灣地區韓語學習者與教學者的過程以後，深刻瞭解到我們有母語的先天優勢，因此可以利用我們所熟悉的注音符號和台語發音雷同之處輔助學習，達到輕鬆、快速記憶學習的目的。每一種語言都有其特色，但也有其限制，本書中，除了按照語言特性與規則的定律外，將著重在實際比對、分析上，並加以說明和應用。同時，根據多年的教學經驗，發想出「韓語四格發音學習法」，希望能夠協助台灣地區的學生克服多數韓語學習者的學習障礙，消除挫折感，建立自信心，加強學習效率，讓大家能夠「多、快、好、省」地學習韓語，能夠說出道地而標準的韓語，這是筆者研究創新韓語學習法的小小心願與期望。

（二）訓民正音

　　根據韓國觀光公社官網的簡介指出，訓民正音意為，教百姓以正確字音。朝鮮王朝第4代國王世宗認為，至當時使用的漢字係標記漢語的文字，不適合標記與之不同結構的我國（韓國）語言，因此大多數百姓難以學習和使用。

　　於是，他組織創製適合於標記我國語言的文字體系，此工程於世宗25年（1443年）完成，命名為「訓民正音」。

　　訓民正音文字體系由28個字母（現在只使用24個字母）組成，能準確地標記所有聲音，又便於學習和使用，作為文字體系被認為具有獨創性和科學性，意義重大。

　　訓民正音由鄭麟趾、申叔舟、成三問、朴彭年、姜希顏等8名集賢殿的學者執筆，內容分為兩大部分。第一部分是本文，由世宗著述。本文由序文和例句組成。序文闡述了創製新文字的目的，例句把新製的28個文字分成11個初聲字依次列舉並加以說明，然後敘述把這些字拼成音節標記我國語言的方法。第二部分是年輕學者們按世宗的指令著述的對本文的注釋。第二部分由說明新文字創製原理的製字解，說明標記音節頭音17個輔音字的初聲解，說明11個母音字的終聲解、說明拼初聲、中聲、終聲字標記音節的合字解，用新文字標記語言的用字例等6章組成。最後是鄭麟趾的訓民正音解例本序文。

　　如此在一定時期由特定的人獨創新文字而不受已有其它文字的影響，並使之成為一國之通用文字，這在世界上是絕無僅有的歷史性事件。特別值得指出的是，對該書有關創製文字的原理及使用的說明所表明的理論上的邏輯性與嚴謹性，世界語言學家給予了高度的評價。

訓民正音被指定為國寶第70號，並於1997年10月在聯合國教科文組織登記為世界紀錄遺產。

按照訓民正音解例中製字解之記載：

正音二十八字，各象其形而制之。
初聲凡十七字。牙音ㄱ，象舌根閉喉之形。舌音ㄴ，象舌附上腭之形。唇音ㅁ，象口形。齒音ㅅ，象齒形。喉音ㅇ，象喉形。ㅋ比ㄱ，聲出稍厲，故加劃。ㄴ而ㄷ，ㄷ而ㅌ，ㅁ而ㅂ，ㅂ而ㅍ，ㅅ而ㅈ，ㅈ而ㅊ，ㅇ而ㆆ，ㆆ而ㅎ，其因聲加劃之義皆同，而唯ㆁ為異。半舌音ㄹ，半齒音ㅿ，亦象舌齒之形而異其體，無加劃之義焉。[3]

又訣云：

……正音制字尙其象　因聲之厲每加劃　音出牙舌唇齒喉　是爲初聲字十七。牙取舌根閉喉形　唯業似欲取義別　舌迺象舌附上腭　唇則實是取口形　齒喉直取齒喉象　知斯五義聲自明　又有半舌半齒音　取象同而體則異　那彌戌欲聲不厲……[4]

[3] 李正浩（1978）「訓民正音의　構造原理−ㄱ　易學的研究」，亞細亞文化社再版發行，Seoul, Korea
[4] 同注3。

韓文字的字形，尤其是子音（初聲，終聲亦同）部分是根據人類的發聲位置，取其形態而創製，所有子音的發音皆出於牙、舌、唇、齒、喉。當時共有17個字形，演化至今，包含硬音（雙子音）在內，共有19個。如同前述，每一種語言都有其特色，但也有其先天上的限制。訓民正音創製的當時，因時代背景的關係，我們可以瞭解到和中國有著深厚的影響關係，隨著時代的變遷，韓文字的演化，有些古字已經不復存在。但是，西風東漸，經西方語系的交流後，外來語也逐漸被廣泛應用。

英文中屬於唇齒音的「f」和「v」發音，是韓文字母中無法表現的地方，因權宜之計，只能用「ㅍ」和「ㅂ」來替代。例如，coffee（咖啡）發音成「커피」；video（錄影）發音成「비디오」。如果能再設計類似唇齒音的「f」和「v」發音的對應字母的話，就更加周延了。

根據韓國政府於1988年1月19日，由當時的文教部[5]頒布告示第88-2號—〈標準語規定〉中，第2部（標準發音法）第2章（子音和母音）第2項至第5項規定，韓文字母當中：

標準子音有如下19個：

ㄱ ㄲ ㄴ ㄷ ㄸ ㄹ ㅁ ㅂ ㅃ ㅅ ㅆ ㅇ ㅈ ㅉ ㅊ ㅋ ㅌ ㅍ ㅎ

---

[5] 韓國政府當年的「文教部」經由政府組織改造，於1990年12月27日改稱為「教育部」，2001年1月29日改組為「教育人的資源部」，2008年2月29日與教育科學技術部合併而改編為「教育科學技術部」。

標準母音有如下21個：

ㅏ	ㅐ	ㅑ	ㅒ	ㅓ	ㅔ	ㅕ	ㅖ	ㅗ	ㅘ	ㅙ	ㅚ	ㅛ	ㅜ	ㅝ	ㅞ	ㅟ	ㅠ	ㅡ	ㅢ	ㅣ
ㄚ	ㄝ	ㄧ/ㄚ	ㄧ/ㄝ	ㄛ	ㄝ/ㄟ	ㄧ/ㄛ	ㄧ/ㄟ	ㄡ	ㄨ/ㄚ	ㄨ/ㄧ/ㄚ/ㄝ	ㄨ/ㄧ/ㄚ/ㄝ	ㄧ/ㄡ	ㄨ	ㄨ/ㄛ	ㄨ/ㄧ/ㄛ/ㄝ	ㄨ/ㄧ	ㄧ/ㄨ	*⁶	ㄨ/ㄧ/ㄧ/ㄝ	ㄧ

其中，ㅏ、ㅐ、ㅓ、ㅔ、ㅗ、ㅚ、ㅜ、ㅟ、ㅡ、ㅣ為單母音，但，
ㅚ、ㅟ亦可稱為複合母音（**이중 모음**）；ㅑ、ㅒ、ㅕ、ㅖ、ㅘ、ㅙ、ㅛ、
ㅝ、ㅞ、ㅠ、ㅢ為複合母音。

其它有關韓語的標準發音，在頒布的〈標準語規定〉中之第2部〈標
準發音法〉的規定裡，都有詳細的記載。這些規定主要是針對韓國人的韓
語發音做一標準示範的公約，然而，對於初學韓語的外國人而言，卻像是
一門高深的學問一般，令初學者在學習上難以掌握，而經常產生混淆。

又依照訓民正音開宗明義云：

國之語音，異乎中國，與文字不相流通，故愚民，有所欲言，而終不得伸
其情者多矣。予為此憫然，新制二十八字，欲使人人易習便於日用矣。
ㄱ，牙音，如君字初發聲。並書，如虯字初發聲。
ㅋ，牙音，如快字初發聲。ㅇ，牙音，如業字初發聲。

---

⁶「ㅡ」的發音類似於唇形為微開呈橫向壹字形的ㄨ音，但唇形不能呈現圓唇模
　樣。

ㄷ，舌音，如斗字初發聲。並書，如覃字初發聲。

ㅌ，舌音，如吞字初發聲。ㄴ，舌音，如那字初發聲。

ㅂ，脣音，如彆字初發聲。並書，如步字初發聲。

ㅍ，脣音，如漂字初發聲。ㅁ，脣音，如彌字初發聲。

ㅈ，齒音，如卽字初發聲。並書，如慈字初發聲。

ㅊ，齒音，如侵字初發聲。

ㅅ，齒音，如戌字初發聲。並書，如邪字初發聲。

ㆆ，喉音，如挹字初發聲。

ㅎ，喉音，如虛字初發聲。並書，如洪字初發聲。

ㅇ，喉音，如欲字初發聲。ㄹ，半舌音，如閭字初發聲。

ㅿ，半齒音，如穰字初發聲。

·，如吞字中聲。ㅡ，如卽字中聲。ㅣ，如侵字中聲。ㅗ，如洪字中聲。

ㅏ，如覃字中聲。ㅜ，如君字中聲。ㅓ，如業字中聲。ㅛ，如欲字中聲。

ㅑ，如穰字中聲。ㅠ，如戌字中聲。ㅕ，如彆字中聲。終聲。復用初聲。
ㅇ連書脣音之下，則為脣輕音。初聲合用則並書終聲同。·ㅡㅗㅜㅛㅠ，
附書初聲之下。ㅣㅏㅓㅑㅕ，附書於右。凡字必合而成音。左加一點則去
聲，二則上聲，無則平聲。入聲加點同而促急。[7]

　　按照上述記載，「ㄱ，牙音，如君字初發聲」，君字頭音台語音為
《音；「ㅋ，牙音，如快字初發聲」，快字頭音為國語或台語音之ㄎ音；
「ㄷ，舌音，如斗字初發聲。並書，如覃字初發聲」，斗字頭音為ㄉ音，覃
字頭音為ㄊ音；「ㅌ，舌音，如吞字初發聲」，吞字頭音為ㄊ音；「ㄴ，

---

[7] 同注3。

舌音，如那字初發聲」，那字頭音為ㄋ音；「ㅂ，脣音，如彆字初發聲。
並書，如步字初發聲」，彆、步字頭音為ㄅ音；「ㅍ，脣音，如漂字初發
聲」，漂字初發聲為ㄆ音；「ㅁ，脣音，如彌字初發聲」，彌字初發聲為ㄇ
音；「ㅈ，齒音，如卽字初發聲。並書，如慈字初發聲」，卽字初發聲與
慈字初發聲為ㄐ或ㄗ、ㄘ音；「ㅊ，齒音，如侵字初發聲」，侵字初發聲
為國語的ㄑ或台語音之ㄘ音；「ㅅ，齒音，如戌字初發聲。並書，如邪字
初發聲」，戌字與邪字初發聲為ㄙ或ㄒ音；「ㅎ，喉音，如虛字初發聲。
並書，如洪字初發聲」，虛與洪字初發聲為ㄏ音；「ㄹ，半舌音，如閭字
初發聲」，閭字初發聲為ㄌ音等等。由此看來，韓語子音與國語注音符號
或台語發音相似之處甚多，經兩相比較結果，列表參考如下：

ㄱ	ㄲ	ㄴ	ㄷ	ㄸ	ㄹ	ㅁ	ㅂ	ㅃ	ㅅ	ㅆ	ㅇ	ㅈ	ㅉ	ㅊ	ㅋ	ㅌ	ㅍ	ㅎ
丂／《	《	ㄋ／ㄊ／ㄌ	ㄊ／ㄌ	ㄌ	ㄌ	ㄇ	ㄆ／ㄅ	ㄅ	ㄙ／ㄒ	ㄙ	ㄤ／ㄥ	ㄗ／ㄐ／ㄓ[8]	ㄗ	ㄑ／ㄘ	ㄎ	ㄊ	ㄆ	ㄏ

　　有鑒於此，筆者將針對音韻學上有關發音上的專有名詞，諸如：激音
（격음）、硬音（경음）、濃音（疊音）、邊音（舌側音）、口蓋音化（顎化
音）、鼻音化等等，簡化為讓學習者能夠輕易了解的說明，再與國語注音
符號做相對照，以作為輔助發音的學習方式，幫助初學者說出標準且正確
的韓語。

8「ㅈ，齒音，如卽字初發聲。並書，如慈字初發聲」，卽字頭音為ㄐ，又慈字台
語頭音為ㄗ，筆者取ㄗ音為主。當頭音時，略帶微氣音，如ㄘ音。

（三）韓語文字結構

　　韓國文字結構係由子音和母音結合組成，其排列順序為先子音後連接母音，也有再連接子音的排列組合，例如：**가**、**각**。書寫順序由上而下，左而右的寫法，如同漢字的寫法一樣，然而，發音卻是採用表音（拼音）的方式。其中，連音現象是其特徵之一，又以子音接變的規則變化多端，最讓初學者感到頭痛。茲將有關韓語發音問題按照其特性分述如下：

♠ 1. 子音＋母音

橫式

子 母

例如：**가**、**나**、**다**、**라**……

直式

子
母

例如：**고**、**노**、**도**、**로**……

♠ 2. 子音 + 母音 + 子音

橫式

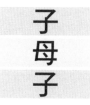

例如：간、난、단、란、안……

直式

例如：국、논、돈、롱、옹……

♠ 3. 子音 + 母音 + 子音 + 子音

橫式

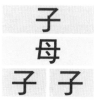

例如：읽、앉、앓、있、닭……

直式

例如：몫、흙、굶……

（四）韓語發音部位圖

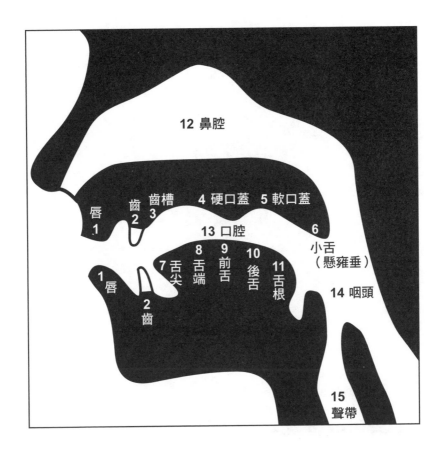

꿀도 약이라면 쓰다. (俚)

把蜂蜜當成藥時，是苦的。

（喻忠言逆耳）

 韓語基礎字母

韓語基礎字母共有40個，分成21個母音、19個子音，學會韓語基礎字母，就能夠輕鬆拼讀韓語。

（一）韓語字母表　MP3 01

子音 ＼ 母音		1 ㅏ	2 ㅑ	3 ㅓ	4 ㅕ	5 ㅗ	6 ㅛ	7 ㅜ	8 ㅠ	9 ㅡ	10 ㅣ
1	ㄱ	가	갸	거	겨	고	교	구	규	그	기
2	ㄴ	나	냐	너	녀	노	뇨	누	뉴	느	니
3	ㄷ	다	댜	더	뎌	도	됴	두	듀	드	디
4	ㄹ	라	랴	러	려	로	료	루	류	르	리
5	ㅁ	마	먀	머	며	모	묘	무	뮤	므	미
6	ㅂ	바	뱌	버	벼	보	뵤	부	뷰	브	비
7	ㅅ	사	샤	서	셔	소	쇼	수	슈	스	시
8	ㅇ	아	야	어	여	오	요	우	유	으	이
9	ㅈ	자	쟈	저	져	조	죠	주	쥬	즈	지
10	ㅊ	차	챠	처	쳐	초	쵸	추	츄	츠	치
11	ㅋ	카	캬	커	켜	코	쿄	쿠	큐	크	키
12	ㅌ	타	탸	터	텨	토	툐	투	튜	트	티
13	ㅍ	파	퍄	퍼	펴	포	표	푸	퓨	프	피
14	ㅎ	하	햐	허	혀	호	효	후	휴	흐	히

※ 韓文是表音文字（拼音文字），字母本身如同韓文的注音符號，請參照
　 MP3示範發音，跟著反覆練習。

（二）母音篇 MP3 02

母音	發音		發音重點
ㅏ	羅馬	a	嘴巴自然張開，發出類似「ㄚ」的聲音。
	韓文	아	
ㅑ	羅馬	ya	嘴巴自然張開，發出類似「一ㄚ」的聲音。
	韓文	야	
ㅓ	羅馬	eo	上下齒顎半開，發出類似「ㄛ／ㄜ」的聲音。
	韓文	어	
ㅕ	羅馬	yeo	上下齒顎半開，發出類似「一ㄛ／一ㄜ」的聲音。
	韓文	여	
ㅗ	羅馬	o	上下齒顎全開，發出類似「ㄡ」的聲音。
	韓文	오	
ㅛ	羅馬	yo	上下齒顎全開，發出類似「一ㄡ」的聲音。
	韓文	요	
ㅜ	羅馬	u	上下唇呈圓形狀，發出類似「ㄨ」的聲音。
	韓文	우	
ㅠ	羅馬	yu	上下唇呈圓形狀，發出類似「一ㄨ」的聲音。
	韓文	유	
ㅡ	羅馬	eu	上下齒顎半開，上下唇自然呈現一字形，聲音從喉部輕輕往上提，發出類似「ㄨ」的聲音，但是唇形成上下平行狀，唇形不可縮成圓形狀。
	韓文	으	
ㅣ	羅馬	i	發音和「一」類似。
	韓文	이	

韓語的母音分為「單母音」和「複合母音」。

韓文字的字母排列組合是先子音再搭配母音，每個字的發音一定是子音加上母音後拼出完整的一個字，而且該字拼出來的音必須總結成一個完整音，不可同時發出兩個以上的音。例如，ㄱ（k／ㄎ）＋ㅏ（a／ㄚ）＝가（ka／ㄎㄚ）。

複合母音的組合是從基本母音中衍生出來的。例如，ㄱ（k／ㄎ）＋ㅘ（wa／ㄨㄚ）＝과（kwa／ㄎㄨㄚ）。

單母音（단모음）
ㅏ、ㅓ、ㅗ、ㅜ、ㅡ、ㅣ、ㅐ、ㅔ、ㅚ、ㅟ

複合母音（이중모음）
ㅑ、ㅕ、ㅛ、ㅠ、ㅒ、ㅖ、ㅘ、ㅙ、ㅝ、ㅞ、ㅢ

以下分別介紹的「單母音」和「複合母音」，請跟著MP3一起練習，把這些母音字形與發音牢記在心吧！

♠ 1. 單母音 MP3 03

單母音是仿「天、地、人」形狀而創造出來的符號，是韓語中最基本的母音，母音要搭配子音才能夠成為完整的字。

	發音		
	羅馬	注音	韓文
	a	ㄚ	아

💗 跟著MP3開口說

가게 店鋪	나라 國家	나비 蝴蝶
도자기 陶瓷器	바다 海	개나리 迎春花
자리 席位	사다 買	아버지 爸爸
아저씨 大叔、叔叔	아우 弟弟	아기 孩子
가구 家具	라면 泡麵	바보 傻瓜

아버지
爸爸

아우
弟弟

ㅓ	發音		
	羅馬	注音	韓文
	eo	ㆤ	어

跟著MP3開口說

어머니 媽媽	어디 哪裡	어제 昨天
버스 巴士（bus）	두더지 鼴鼠、土撥鼠	아주머니 大嬸
대머리 禿頭	허리 腰	거미 蜘蛛
버섯 香菇	처음 初次	저울 秤

어머니
媽媽

대머리
禿頭

	發音		
⟲⟲ㅗ	羅馬	注音	韓文
	o	ㄡ	오

跟著MP3開口說

오이 小黃瓜	모래 沙	오리 鴨子
포도 葡萄	고래 鯨魚	고등어 鯖魚
세모 三角形	오늘 今天	오전 午前、上午
오후 午後、下午	오빠 哥哥（女生稱呼哥哥時）	고모 姑姑
노래 歌	로마 羅馬（Roma）	보호 保護

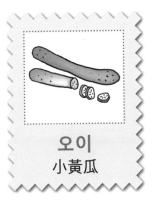

오이
小黃瓜

노래
歌

	發音		
ㅜ	羅馬	注音	韓文
	u	╳	우

跟著MP3開口說

우주 宇宙	노루 獐	부모 父母
누나 姊姊（男生稱呼姊姊時）	소나무 松樹	배추 白菜
우유 牛奶	우표 郵票	구슬 珠子
무술 巫術、武術	구름 雲	지구 地球

부모
父母

우유
牛奶

①→一	發音		
	羅馬	注音	韓文
	eu		으

♥ 跟著MP3開口說

흐르다 流	나그네 旅人、流浪者	며느리 媳婦
모르다 不知道	고프다 餓	아프다 痛
나쁘다 壞	기쁘다 高興	고르다 選擇、均勻
그네 鞦韆	크레파스 蠟筆（craypas）	그물 網子

며느리
媳婦

아프다
痛

	發音		
① ↓ ㅣ	羅馬	注音	韓文
	i	ㅡ	이

跟著MP3開口說

비 雨

아니오 不、不是（否定之意）

기타 其他、吉他（guitar）

피자 披薩（pizza）

키 個子

나이 年齡

그리다 畫

이사 董事（理事）

지리 地理

기차 火車

치아 牙齒

사다리 梯子

비
雨

기타
吉他

	發音		
	羅馬	注音	韓文
	ae	ㄝ	애

跟著MP3開口說

개 狗、個	배 船、梨、肚子	개미 螞蟻
무지개 彩虹	보조개 酒窩	새우 蝦
내리다 下	새 鳥	애벌레 幼蟲
대장 大腸、上將、隊長	배꼽 肚臍	배추 白菜
매미 蟬	채소 蔬菜	

배
船

배꼽
肚臍

	發音		
ㅔ	羅馬	注音	韓文
	e	ㄟ	에

跟著MP3開口說

게 蟹　　　　　　제주도 濟州島　　　메기 鯰魚

제비 燕子　　　　가게 店舖　　　　테니스 網球（tennis）

세계 世界　　　　메밀 蕎麥　　　　베짱이 螽斯（紡織娘）

수세미 菜瓜布　　네모 四角

테니스
網球

네모
四角

	發音		
	羅馬	注音	韓文
	oe	ㄨㄟ／ㄨㄝ	외

♥ 跟著MP3開口說

외교 外交　　　교회 教會　　　구두쇠 吝嗇鬼、守財奴

회사 公司　　　외국 外國　　　괴물 怪物

뇌물 賄賂　　　죄인 罪人　　　최고 最高、最棒

최대 最大　　　최소 最小

교회
教會

괴물
怪物

	發音		
ㅟ	羅馬	注音	韓文
	wi	ㄨㄧ	위

♥ 跟著MP3開口說

위 胃、上　　　귀 耳　　　뒤 後

쥐 鼠　　　위장 偽裝、胃腸　　　쉬다 休息

취소 取消　　　취하다 取、拿　　　튀다 濺、蹦、爆裂

휘파람 吹口哨

귀
耳

쥐
鼠

♠ 2. 複合母音　MP3 09

　　複合母音是由單母音和其它母音組合而成，發音方式與單母音固定不變的唇形或舌頭位置有所不同，請特別注意。

	發音		
	羅馬	注音	韓文
	ya	ㄧㄚ	야

♥ 跟著MP3開口說

야구　棒球　　　　　시야　視野　　　　　주야　晝夜

야자　椰子　　　　　야외　野外　　　　　야만　野蠻

야행성　夜行性

야외
野外

야만
野蠻

	發音		
ㅕ	羅馬	注音	韓文
	yeo	ㄧㄛ	여

跟著MP3開口說

여자 女子　　여우 狐狸　　여기 這裡

벼 稻　　소녀 少女　　겨우 剛、才

혀 舌　　여행 旅行　　여름 夏天

겨드랑이 腋下　　무녀 巫女　　부녀자 婦女

펴다 攤開、舒展

소녀
少女

여행
旅行

	發音		
① ② ㅛ ③→	羅馬	注音	韓文
	yo	ㄧㄡ	ㅛ

♥ **跟著MP3開口說**

요구 要求	요리 料理	요가 瑜伽（yoga）
묘비 墓碑、廟碑	차표 車票	수요 需要
요금 費用	교외 郊外	교수 教授
효도 孝道	표지 封面、標誌	표현 表現

요금
費用

표지
封面

	發音		
ㅠ	羅馬	注音	韓文
	yu	ㄧㄨ	유

跟著MP3開口說

유리 玻璃　　　　유자 柚子　　　　뉴스 新聞（news）

휴지 廢紙、衛生紙　유아 幼兒、嬰兒　규칙 規則

유전자 基因　　　퓨전 改良式　　　뮤직 音樂（music）

유아
幼兒

규칙
規則

	發音		
②→④ ①→㈐④ ③↓	羅馬	注音	韓文
	yae	ㄧㅔ	얘

얘 喂、這孩子　　　얘기 說話（**이야기**的縮語）　　**걔** 那孩子

쟤 那孩子

얘기
說話

걔
那孩子

	發音		
ヲ	羅馬	注音	韓文
	ye	一ㄟ	예

跟著MP3開口說

예 是的　　　　　차례 次序　　　　시계 鐘、錶

세계 世界　　　　예절 禮節、禮貌　　은혜 恩惠

예수 耶穌基督、預收　예식 儀式

차례
次序

시계
鐘、錶

	發音		
	羅馬	注音	韓文
	wa	ㄨㄚ	와

跟著MP3開口說

과자 餅乾　　　사과 蘋果　　　기와 瓦

화가 畫家　　　와이셔츠 襯衫（white shirt）　　과부 寡婦

과수원 果園　　와플 鬆餅（waffle）　　좌회전 左轉

화약 火藥

와이셔츠
襯衫

와플
鬆餅

	發音		
괘	羅馬	注音	韓文
	wae	ㄨㄟ／ㄨㄝ	왜

跟著MP3開口說

왜 為什麼　　　돼지 豬　　　홰 火把

쾌차 病癒　　　쾌유 康復、痊癒

돼지
豬

쾌유
康復、痊癒

	發音		
	羅馬	注音	韓文
	wo	ㄨㄛ	워

❤️ 跟著MP3開口說

추워요 冷啊　　　더워요 熱啊　　　가벼워요 輕啊

무거워요 重啊　　　무서워요 恐怖啊　　　가려워요 好癢啊

미워요 好醜啊、討厭啊

추워요
冷啊

가벼워요
輕啊

	發音		
	羅馬	注音	韓文
	we	ㄨㄟ／ㄨㄝ	웨

跟著MP3開口說

궤 櫃　　　　궤도 軌道　　　　꿰매다 縫補

웨이터 服務生（waiter）

궤도
軌道

웨이터
服務生

	發音		
	羅馬	注音	韓文
	ui	ㄨㄧ／ㄧ／ㄝ	의

跟著MP3開口說

의거 依據、義舉	의사 醫師	의자 椅子
예의 禮儀	의무 義務	의문 疑問
의원 醫院、診所	저희 「我們」的謙稱	의적 義賊
의리 義理	의미 意味、意義	희소 稀少、喜笑
희박하다 稀薄	너희 你們	

의자
椅子

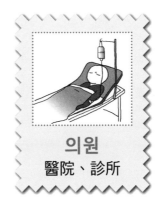

의원
醫院、診所

1. 雖然單母音、複合母音共有21個，但目前韓國的年輕一代對部分母音已無法明確區分，而出現簡化的現象。例如：

   ㅐ、ㅔ、ㅒ、ㅖ會發成[e]

   ㅙ、ㅞ、ㅚ會發成[we]

2. ㅢ的發音因發音位置及詞性的變化，共發三種音：

   （1）當ㅢ的發音為頭音時，發[ui] [ㄨㄧ]。

   　　例如：**의사**（醫師）〔의사〕

   　　　　　의자（椅子）〔의자〕

   （2）當ㅢ不是字頭或緊跟在子音ㅎ的後面時，則發[i] [ㄧ]。

   　　例如：**회의**（會議）〔회이／회의〕

   　　　　　희망（希望）〔히망／희망〕

   　　　　　저희（我們）〔저히／저희〕

   　　　　　희생（犧牲）〔히생／희생〕

   （3）當ㅢ為所有格的助詞時，則發[e] [ㅔ]。

   　　例如：**우리의**（我們的）〔우리에／우리의〕

   　　　　　언니의（姊姊的）〔언니에／언니의〕

(三)子音篇 MP3 15

子音	發音		發音重點
ㄱ	羅馬	k／g	當字首時，發出帶微氣的「ㄎ」音，非字首時，為不送氣的「ㄍ」音。
	韓文	기역	
ㄴ	羅馬	n	位置擺在母音的左邊或上邊時，發出類似「ㄋ」的聲音；當尾音時，發出類似「ㄢ／ㄣ」的聲音。
	韓文	니은	
ㄷ	羅馬	t／d	當字首時，發出帶微氣的「ㄊ」音，非字首時，為不送氣的「ㄉ」音。
	韓文	디귿	
ㄹ	羅馬	r／l	利用舌頭顫動，發出類似「ㄌ」的舌側音。
	韓文	리을	
ㅁ	羅馬	m	發音和「ㄇ」類似。
	韓文	미음	
ㅂ	羅馬	p／b	當字首時，發出帶微氣的「ㄆ」音，非字首時，為不送氣的「ㄅ」音。
	韓文	비읍	
ㅅ	羅馬	s	發音和「ㄙ」類似。
	韓文	시옷	
ㅇ	羅馬	ng	位置擺在母音的左邊或上邊時，不發音；當尾音時，發出類似「ㄤ／ㄥ」的聲音。
	韓文	이응	
ㅈ	羅馬	j	當字首時，發出帶微氣而介於「ㄗ／ㄘ」之間的音，非字首時，為不送氣的「ㄗ」音。
	韓文	지읒	
ㅊ	羅馬	ch	屬於氣音，發音和「ㄘ」類似。
	韓文	치읓	
ㅋ	羅馬	k	屬於氣音，發音和「ㄎ」類似。
	韓文	키읔	
ㅌ	羅馬	t	屬於氣音，發音和「ㄊ」類似。
	韓文	티읕	

子音	發音		發音重點
ㅍ	羅馬	p	屬於氣音，發音和「ㄆ」類似。
	韓文	피읖	
ㅎ	羅馬	h	屬於帶微氣喉音，發音和「ㄏ」類似。
	韓文	히읗	

子音分為「單子音」、「雙子音」、「複合子音」、「尾音」四種，將在後面的篇幅一一介紹。

♠ 1. 單子音

單子音共14個，根據發音的方式，分為「清音」與「濁音」；而根據發音時氣息的強度，也有「送氣音」和「不送氣音」的區別。整理如下表：

分類	發音規則	相關子音
清音	氣息從氣管出來通過聲門時，聲門並未緊閉，氣息自內流出，聲帶不發生顫動，叫做清音。	ㄱ、ㄷ、ㅂ、ㅅ、ㅈ、ㅊ、ㅋ、ㅌ、ㅍ、ㅎ
濁音	氣息從氣管出來通過聲門時，氣息使聲帶產生顫動，發出的聲音是帶音的，叫做濁音。	ㄴ、ㄹ、ㅁ、ㅇ
送氣音	發音時，聲音含有較強烈的氣息聲音。	ㅍ、ㅌ、ㅋ、ㅊ
不送氣音	發音時，聲音不帶氣。	ㅂ、ㄷ、ㄱ、ㅈ

以下將14個單子音比照字典排序，請跟著MP3一起練習，把它們的字形與發音牢記在心吧！

MP3 16

	發音		
① ㄱ↓	羅馬	注音	韓文
	k／g	ㅋ／ㄲ	기역

♥ 跟著MP3開口說

가수 歌手	가로수 行道樹	거미 蜘蛛
구두 皮鞋	아가 孩子	야구 棒球
교자 餃子	교실 教室	교사 教師
교육 教育	교재 教材	계속 繼續

가로수
行道樹

교사
教師

	發音		
①ㄴ	羅馬	注音	韓文
	n	ㄋ	니은

🖤 跟著MP3開口說

나비 蝴蝶　　　　　너 你　　　　　노루 獐

누나 姊姊（男生叫姊姊時）　　하나 一　　어머니 媽媽

너구리 貉、狸　　　너무 太、過分　　노을 霞

노인 老人

너
你

너무
過分

	發音		
	羅馬	注音	韓文
	t／d	ㄊ／ㄉ	디귿

♥ 跟著MP3開口說

다리 橋、腿、腳架	도자기 陶瓷器	두부 豆腐
바다 海	지도 地圖	수도 首都、水道
다람쥐 松鼠	다리미 熨斗	다과 多寡、茶點
더럽다 骯髒、卑鄙	대나무 竹	

수도
水道

다람쥐
松鼠

	發音		
ㄹ	羅馬	注音	韓文
	r／l	ㄌ	리을

跟著MP3開口說

라디오 收音機（radio） 우리 我們　　　머리 頭

소라 海螺　　　　기러기 雁　　　유리 玻璃

라면 泡麵　　　로마 羅馬（Roma） 러시아 俄羅斯（Russia）

루마니아 羅馬尼亞（Rumania）　　　로고 商標（logo）

리본 緞帶（ribbon）　　리스본 里斯本（Lisbon）

라디오
收音機

로마
羅馬

	發音		
	羅馬	注音	韓文
②口③→	m	ㄇ	미음

♥ 跟著MP3開口說

마루 地板、迴廊	모자 帽子、母子	마디 節、句
미소 微笑	거미 蜘蛛	나무 樹木
마음 心	매미 蟬	메주 豆醬塊
무식 無知	매실 梅子	모양 模樣

마루
迴廊

마음
心

ㅂ	發音		
	羅馬	注音	韓文
	p／b	ㄆ／ㄅ	비읍

跟著MP3開口說

바보 傻瓜　　　　보리 大麥　　　　비누 肥皂

아버지 爸爸　　　어부 漁夫　　　　우비 雨具

바구니 籃子　　　보자기 包袱　　　보물 寶物

부식 扶植、腐蝕、副食　부부 夫婦

아버지
爸爸

부부
夫婦

	發音		
❶入❷	羅馬	注音	韓文
	s	ㄙ	시옷

跟著MP3開口說

사자 獅子	소나무 松樹	수저 匙筷
나사 螺絲	도시 都市	모서리 稜角、邊
사람 人	서울 首爾	새 縫隙、鳥
세수 洗臉	세뱃돈 壓歲錢	수학 研修、進修、數學

사자
獅子

새
鳥

	發音		
ㅇ	羅馬	注音	韓文
	ng	ㄥ	이응

跟著MP3開口說

아이 小孩	오리 鴨子	우유 牛奶
여자 女子	이마 額頭	우비 雨具
유학 留學、遊學、儒學	유리 玻璃、琉璃	어장 漁場
애정 愛情	우주 宇宙	외계인 外星人

애정
愛情

우주
宇宙

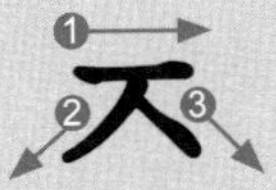	發音		
	羅馬	注音	韓文
	j	ㄗ	**지읒**

跟著MP3開口說

자기 自己

주사 注射、打針

바지 褲子

재력 財力

조교 助教

자유 自由

지구 地球

자주 時常、常常

주량 酒量、棟梁

저울 秤

저고리 韓服上衣

기자 記者

주장 主張、主將、主掌

조수 助手、潮水

자유
自由

주량
酒量

	發音		
	羅馬	注音	韓文
	ch	ㄘ	치읓

跟著MP3開口說

차 茶、車、次　　초 蠟燭、醋、秒　　치마 裙子

마차 馬車　　기차 火車　　고추 辣椒

치약 牙膏　　치질 痔瘡　　치수 尺寸

추석 中秋（秋夕）　　김치 泡菜

차
茶

치수
尺寸

	發音		
ㅋ	羅馬	注音	韓文
	k	ㅋ	**키읔**

카메라 相機（camera）　코 鼻子　　　　키 個子

크다 大　　　　　　　조카 姪子　　　소쿠리 畚箕

키위 奇異果（kiwi）　코코아 可可（cocoa）　케이크 蛋糕（cake）

커피 咖啡（coffee）

카메라
相機

케이크
蛋糕

	發音		
Ｅ ① ③ ②→	羅馬	注音	韓文
	t	ㄊ	**티읕**

跟著MP3開口說

타자기 打字機　　　투수 投手　　　투구 頭盔

도토리 橡子　　　코트 外套（coat）　　사투리 方言

터키 土耳其（Turkey）　태극기 太極旗　　태권도 跆拳道

태백산 太白山　　　타조 鴕鳥

타자（棒壘球）打者、打字

투구
頭盔

코트
外套

	發音		
立	羅馬	注音	韓文
	p	ㄆ	**피읖**

♥ 跟著MP3開口說

파도　波濤　　　포도　葡萄　　　피서　避暑

모포　毯子　　　도포　膏藥、塗抹　　모피　毛皮、皮草

파리　巴黎（Paris）、蒼蠅　　　　포수　砲手、捕手

푸르다　藍色、綠色　　표시　標示　　표절　抄襲、剽竊

퍼즐　拼圖（puzzle）

모포
毯子

파리
巴黎

	發音		
②→**ㅎ** ③	羅馬	注音	韓文
	h	ㄏ	히읗

♥ 跟著MP3開口說

하마 河馬　　　　호수 湖水　　　　허수아비 稻草人

휴지 廢紙、衛生紙　지하 地下　　　호랑이 老虎

하수도 下水道　　하늘 天空　　　허무 虛無、空白

호주 戶長　　　　해산물 海產、海鮮　해변 海邊

지하
地下

호랑이
老虎

♠ 2. 雙子音（疊音） MP3 24

子音排列組合有如雙胞胎，如同一個音加倍、重疊，在韓文中解釋為「硬音」，文如其意，聲音加重，音量結實、硬挺。

雙子音共有5個，分別是：ㄲ、ㄸ、ㅃ、ㅆ、ㅉ，請跟著MP3一起練習，把它們的字形與發音牢記在心吧！

	發音		
	羅馬	注音	韓文
ㄲ	kk	ㄍ	쌍기역

💙 跟著MP3開口說

까치 喜鵲	토끼 兔子	미꾸라지 泥鰍
꼬마 小孩子、小鬼	코끼리 大象	까나리 醃泡菜用的魚露
깨소금 韓國特有的調味用芝麻		꺼지다 熄滅、滾開、走開
주꾸미 小章魚		

토끼
兔子

주꾸미
小章魚

	發音		
①→ ③→ **ㄸ** ②→ ④→	羅馬	注音	韓文
	tt	ㄉ	**쌍디귿**

♥ 跟著MP3開口說

따오기 朱鷺　　　　　　　또아리 圓頭墊

사또 使道（朝鮮時期國家派任地方的官員）

오뚜기 不倒翁　　　　　　뜨다 撕、掀、張開、浮、升

따다 摘採、割開、獲得、贏得　떼다 摘下、扣除、拆開

따르다 跟隨、依附、倒、斟

뜨다
撕

따다
贏得

	發音		
	羅馬	注音	韓文
	pp	ㄅ	쌍비읍

跟著MP3開口說

뻐꾸기 布穀鳥　　　　아빠 爸爸　　　　　　뼈 骨

뽀뽀 親吻　　　　　　뿌리 根

오빠 哥哥（女生稱呼哥哥時）　　　　　　빼빼 瘦瘦地

빼다 扣除、減、抽出　　빠르다 快、早、敏捷

뽀뽀
親吻

빼빼
瘦瘦地

	發音		
ㅆ	羅馬	注音	韓文
	SS	ㄙ	**쌍시옷**

💛 跟著MP3開口說

싸리비 掃帚　　　　싸우다 吵架、打架　　쏘다 射、螫、傷人

아저씨 大叔　　　　씨앗 種子　　　　　씨름 摔跤、較量

쓰다 寫、用、戴、苦

싸우다
打架

쓰다
寫

發音		
羅馬	注音	韓文
jj	ㄗ	쌍지읏

跟著MP3開口說

짜다 鹹　　　　가짜 假的　　　　쪼다 鑿、啄

찌다 蒸、發胖　　버찌 櫻桃　　　　쪽 邊

쪼개다 剖、切、劈　　쩨쩨하다 區區的、不起眼、吝嗇

짜장면 炸醬麵

짜다
鹹

짜장면
炸醬麵

♠ 3. 複合子音　MP3 27

　　複合子音的排列組合通常是在尾音的位置，共有11個，分別為：

ㄳ、ㄵ、ㄶ、ㄺ、ㄻ、ㄼ、ㄽ、ㄾ、ㄿ、ㅀ、ㅄ。

　　根據拼音的基本法則，雖然兩個子音排在一起，但也只能發出一個音，故而其中有個音必須隱藏起來，不發出聲音。請跟著MP3一起練習，把它們的字形與發音牢記在心吧！

複合子音	羅馬
ㄳ	-k

♥ 跟著MP3開口說

넋 魂　　삯 工資　　몫 分配量

複合子音	羅馬
ㄵ	-n

♥ 跟著MP3開口說

앉다 坐　　얹다 擱上、放上

複合子音	羅馬
ㄶ	-n ／ -nh

♥ 跟著MP3開口說

않다 不　　많다 多　　끊다 斷

複合子音	羅馬
ㄺ	-k

♥ 跟著MP3開口說

닭 雞　　늙다 老　　맑다 清澈、晴朗　　밝다 明朗　　붉다 紅

읽다 讀、唸

複合子音	羅馬
ㄻ	-m

♥ 跟著MP3開口說

굶다 餓　　젊다 年輕　　닮다 像　　삶다 煮　　옮다 傳染

곪다 化膿

複合子音	羅馬
ㄼ	-l／p

넓다 寬、廣　　여덟 八　　밟다 踏　　짧다 短

複合子音	羅馬
ㄽ	-l

돐 週年　　옰 償

複合子音	羅馬
ㄾ	-l

핥다 舐　　훑다 脫、捋、打量

複合子音	羅馬
ㄹㅍ	-p

♥ 跟著MP3開口說

읊다 吟、詠

複合子音	羅馬
ㅀ	-l／lh

♥ 跟著MP3開口說

뚫다 鑽　　싫다 討厭　　앓다 患（病）　　잃다 丟、失

複合子音	羅馬
ㅄ	-p

♥ 跟著MP3開口說

값 價　　없다 無

♠ 4. 尾音

尾音又稱「墊音」，韓國人稱為「**받침**」，共分成七種尾音，整理如下：

相關尾音	羅馬	發音規則
ㄱ、ㅋ	-k	類似中文的入聲，卡在喉根部位。
ㄴ	-n	鼻音，氣息往鼻腔上提到一半時，舌頭抵住上下齒顎，不要讓聲音直往上衝。
ㄷ、ㅅ、ㅈ、ㅊ、ㅌ、ㅎ	-t	聲音不用全然發出，卡在喉根部位。
ㄹ	-l	舌顫音，舌頭震動，類似中文的捲舌音，但不用捲太厲害，自然微捲即可。
ㅁ	-m	收音，唇形緊閉。
ㅂ、ㅍ	-p	收音，唇形緊閉。
ㅇ	-ng	鼻音，聲音往鼻腔上提，氣息充滿鼻腔。

請跟著MP3一起練習，把七種尾音的發音學好，說起韓語就更道地了！

相關尾音	羅馬
ㄱ、ㅋ	-k

♥ 跟著MP3開口說

악수 握手　책 書　　한국 韓國　북 鼓

산꼭대기 山頂　　부엌 廚房　국수 麵條、國手、國粹

악기 樂器　국기 國旗

相關尾音	羅馬
ㄴ	-n

♥ 跟著MP3開口說

안개 霧　　노인 老人　편지 信　　수건 毛巾　눈 眼、雪

건물 建築物　언니 姊姊（女生稱呼姊姊時）논 水田、稻田

안내 介紹、引導　　편애 偏愛　난관 難關

相關尾音	羅馬
ㄷ、ㅅ、ㅈ、ㅊ、ㅌ、ㅎ	-t

♥ 跟著MP3開口說

돋보기 放大鏡	숟가락 湯匙 듣다 聽		묻다 問
옷 衣服	다섯 五	젓가락 筷子 잊다 忘	낮 白天
빚 債	낯 臉、臉面 빛 光	꽃 花	숯 木炭
밑 底	끝 末、結束 보리밭 大麥田		
맡다 擔任、負責、保管	히읗 韓文字的第十四個子音		

相關尾音	羅馬
ㄹ	-l

♥ 跟著MP3開口說

달 月	가을 秋	딸기 草莓 얼굴 臉
빨래 要換洗的衣物	벌레 蟲	달리다 跑
올라가다 上去	실 絲、線 술 酒	울다 哭
알다 知道		

MP3 31

相關尾音	羅馬
ㅁ	-m

♥ 跟著MP3開口說

밤 夜晚、栗子　섬 島　　　　봄 春　　　담배 香菸　　잠 睡覺

마음 心　　　음악 音樂　　뱀 蛇　　　담소 談笑　　삼림 森林

相關尾音	羅馬
ㅂ、ㅍ	-p

♥ 跟著MP3開口說

밥 飯　　　직업 職業　　입술 嘴唇　　수업 教課、上課

업무 業務　　삽 鏟、鍬　　잎 葉　　　숲 樹叢　　　앞 前

옆 旁邊　　　엎다 推、翻、打倒

相關尾音	羅馬
ㅇ	-ng

♥ 跟著MP3開口說

강 江　　　　방 房　　　　공 球　　　　형 兄 (男生稱呼哥哥時)

송아지 小牛　강아지 小狗　동그라미 圓 빵 麵包

장학금 獎學金 담당 擔當、擔任 맹인 盲人　수공 手工

（四）韓語字母電腦鍵盤表

　　有不少人是為了上網搜尋偶像訊息或購物而學韓語，在這裡教你簡單的韓語字母電腦鍵盤輸入法，保證讓你輕鬆買到好東西，還能掌握偶像的活動資訊！

微軟 IME 韓文輸入法設定

1. XP：控制台 → 地區及語言選項 → 語言 → 詳細資料

　　　　→ 出現「文字服務和輸入語言」

　Win7：控制台 → 地區及語言 → 鍵盤及語言 → 變更鍵盤

　　　　→ 出現「文字服務和輸入語言」

2. 按下「已安裝的服務」中的新增

3. 新增輸入法語言 → 選韓文 → 按確定

4. 最後按 確定 就完成了！

　　快將書封裡面的「韓語字母貼紙」取出，對照英文，貼在正確的鍵盤位置上。按 Shift + Alt 切換輸入語言，就可以在自己的電腦打出韓文囉！

 發音練習

這單元有「子音發音練習」、「文字接龍」、「繞口令」三種發音練習，讓你掌握發音訣竅，還增進背單字的實力！

（一）子音發音練習 MP3 32

　　學好韓語基本字母後，接下來就是要學相關單字和生活常用句，現在請運用14個子音搭配母音「ㅏ」的變化跟著開口說，別擔心，一點都不難！

$$ㄱ + ㅏ = 가$$

가방：가방을 주세요!
包包：請給我包包！

책가방：책가방을 메고 학교에 가다.
書包：背書包上學去。

 生詞

가방 包包	주다 給	
~세요 請～（敬語形語尾語助詞）		책가방 書包
메다 背	학교 學校	가다 走、去

ㄴ + ㅏ = 나

나 : 나는 한국인입니다.

我：我是韓國人。

나라 : 우리 나라를 사랑합니다.

國家：我愛我的國家。

❤ 生詞

나 我	한국인 韓國人	이다 是
우리 我們	나라 國家	사랑하다 愛

ㄷ + ㅏ = 다

다리 : 나는 다리가 너무 짧아요.

腿：我的腿（腳）太短。

다시 : 이 문장을 다시 고치세요.

重新：請再修改一下這篇文章。

❤ 生詞

다리 腿	너무 太	짧다 短
문장 文章	다시 重新	고치다 修改、修正

ㄹ + ㅏ = 라

라면 : 라면을 맛있게 끓이는 비법은 뭐예요 ?

泡麵：泡麵煮得好吃的祕訣是什麼？

라이브 : 소녀시대 지금 라이브하고 있는 거야 ?

現場（live）：少女時代正在現場表演嗎？

♥ 生詞

라면 泡麵		맛있다 好吃	끓이다 煮
비법 ［祕法］祕訣		뭐 什麼	라이브 現場（live）
소녀시대 少女時代	지금 現在	~고 있다 正在~（現在進行式）	

ㅁ + ㅏ = 마

마음 : 그녀는 마음이 너무 예뻐요 .

心：她的心地太善良了。

마술 : 마술은 어디서 배운 거예요 ?

魔術：你的魔術是在哪裡學的？

♥ 生詞

마음 心	그녀 她	예쁘다 美麗
마술 魔術	어디 哪裡	배우다 學習

ㅂ + ㅏ = 바

바다 : 내 동생은 바다를 너무 좋아해요.

海：我的弟弟太喜歡海了。

바늘 : 바늘과 실.

針：針和線。

❤ 生詞

바다 海	내 = 나의 我的
동생 [同生] 弟弟、妹妹	좋아하다 喜歡　　바늘 針
~과／와 和~	실 線

ㅅ + ㅏ = 사

사과 : 이 사과는 너무 맛있어요.

蘋果：這蘋果太好吃了。

사랑 : 나는 사랑하는 사람이 있어요.

愛：我有（我）所愛的人。

❤ 生詞

사과 蘋果	너무 太	맛있다 好吃
사람 人	있다 有	

ㅇ + ㅏ = 아

아줌마 : 대한민국 아줌마들은 정말 대단해요!
大嬸：大韓民國的大嬸們真的很了不起！

아빠 : 우리 아빠는 회사에 다니세요.
爸爸：我爸爸在公司上班。

💙 生詞

아줌마 大嬸	대한민국 大韓民國	정말 真的
대단하다 了不起	아빠 爸爸	회사 [會社] 公司
다니다 去、來回		

ㅈ + ㅏ = 자

자전거 : 저는 자전거를 탈 줄 알아요.
腳踏車：我會騎腳踏車。

자동차 : 현대 자동차.
汽車：現代汽車。

💙 生詞

자전거 [自轉車] 腳踏車	타다 騎、乘	~할 줄 알다 會做~
자동차 [自動車] 汽車	현대 現代	

ㅊ + ㅏ = 차

차기 : 차기 대통령은 ○○○입니다.
下屆：下一任的總統是○○○。

인삼차 : 저는 인삼차를 좋아합니다.
人蔘茶：我喜歡人蔘茶。

 生詞

차기 ［次期］下屆　　대통령 ［大統領］總統　　인삼차 人蔘茶

ㅋ + ㅏ = 카

카메라 : 저는 디지털 카메라를 사고 싶어요.
相機：我想買數位相機。

미니카 : 저는 미니카를 좋아합니다.
迷你車：我喜歡迷你車。

 生詞

디지털 數位（digital）　　카메라 相機（camera）　　사다 買

~고 싶다 想要（做）~　　미니카 迷你車（minicar）

ㅌ + ㅏ = 타

타조 : 타조는 달리기를 잘해요.
鴕鳥：鴕鳥很會跑。

타인 : 타인을 배려합시다.
他人：一起關懷他人吧！

 生詞

타조 鴕鳥	달리다 跑	잘하다 很好、很會～
타인 [他人] 別人	배려하다 [配慮~] 照顧、關懷	

ㅍ + ㅏ = 파

파도 : 파도가 높습니다.
海浪：浪高。

파마 : 우리 엄마가 파마하기를 좋아해요.
燙髮：我媽媽喜歡燙頭髮。

 生詞

파도 [波濤] 海浪、波浪	높다 高	엄마 媽咪、媽媽
파마하다 燙髮		

ㅎ + ㅏ = 하

하마 : 하마는 입이 커요.

河馬：河馬的嘴巴大。

하늘 : 하늘은 맑습니다.

天空：天空晴朗。

♥ 生詞

하마 河馬	**입** 嘴巴	**크다** 大
하늘 天空	**맑다** 晴朗	

（二）文字接龍

很多人想到要背單字就很頭痛，但如果能用文字接龍的方式就不會這麼痛苦了，還會覺得充滿樂趣。

♠ 1. 倒裝字（도치어，倒置語）　MP3 38

❖건물 [建物、乾物] – 물건 [物件]

　＊건물 [建物]：建築物（「건」要唸長音）

　　건물 [乾物]：乾貨、風乾的食品

　＊물건 [物件]：物件、物品、東西

❖국왕 [國王] – 왕국 [王國]

❖기자 [記者] – 자기 [自己]

❖사회 [社會] – 회사 [會社]

❖습관 [習慣] – 관습 [慣習]

❖신분 [身分] – 분신 [分身、焚身]

❖악기 [樂器] – 기악 [器樂]

❖영광 [榮光] – 광영 [光榮]

❖외국 [外國] – 국외 [國外]

❖이전 [移轉、以前] – 전이 [轉移]

　＊이전 [以前]：以前（「이」要唸長音）

♠ 2. 文字接龍（끝말잇기）練習

（1）子音ㄱ MP3 39

❖ 가지 - 지하철 [地下鐵] - 철도 [鐵道] - 도시 [都市] - 시골
　茄子　捷運、地鐵　　　鐵路　　　　都市、城市　　鄉村

❖ 고양이 - 이모 [姨母] - 모자 - 자손 [子孫] - 손가락
　貓　　　阿姨　　　帽子、母子　子孫　　　　手指

❖ 골목 - 목장 [牧場] - 장학금 [獎學金] - 금강산 [金剛山] - 산보 [散步]
　小巷　牧場　　　獎學金　　　　金剛山　　　　散步

❖ 기도 [祈禱] - 도망 [逃亡] - 망고 - 고모 [姑母] - 모델 [model]
　祈禱　　　逃走　　　芒果　姑媽　　　模特兒

❖ 까치 - 치과 [齒科] - 과일 - 일정 [日程] - 정육점 [精肉店]
　喜鵲　牙科　　　水果　日程、行程　肉店

❖ 꼬마 - 마법사 [魔法師] - 사무실 [事務室] - 실패 - 패션 [fashion]
　小孩　魔法師　　　辦公室　　　　失敗　流行

（2）子音 ㄴ MP3 40

❖ 나라 – 라면 – 면도 [面刀] – 도시 [都市] – 시인 [詩人]

　　國家　　泡麵　　刮鬍（刀）　　都市　　　　詩人

❖ 너무 – 무궁화 [無窮花] – 화분 [花盆] – 분담 [分擔] – 담당 [擔當]

　　太　　　木槿花　　　　花盆　　　　分擔　　　　擔當

❖ 노인 [老人] – 인생 [人生] – 생일 [生日] – 일요일 [日曜日] – 일등 [一等]

　　老人　　　人生　　　生日　　　星期日　　　第一名

❖ 누이 – 이자 [利子] – 자식 [子息] – 식당 [食堂] – 당대 [當代]

（男稱）妹妹　利息　　　子女　　　餐廳　　　當代

（3）子音 ㄷ MP3 41

❖ 다음 – 음악 [音樂] – 악기 [樂器] – 기운 – 운수 [運數]

　　其次　　音樂　　　樂器　　　力氣　　運氣

❖ 단식 [斷食] – 식품 [食品] – 품질 [品質] – 질문 [質問] – 문장 [文章]

　　斷食、絕食　食品　　　　品質　　　提問　　　　文章、句子

❖ 더위 – 위도 [緯度] – 도자기 [陶瓷器] – 기도 [祈禱] – 도미노 [domino]

　　熱、暑氣　　緯度　陶瓷　　　　祈禱　　　骨牌

❖ 두더지 – 지도 [地圖] – 도우미 – 미인 [美人] – 인종 [人種]

　　鼴鼠　　地圖　　　幫手　　美人　　　人種

（4）子音ㄹ　MP3 42

❖ 라면 - 면회 [面會] - 회의 [會議] - 의사 [醫師] - 사랑

　泡麵　　會面　　　　會議　　　　醫師　　　　愛

❖ 로마 [Roma] - 마비 [麻痺] - 비염 [鼻炎] - 염증 [炎症] - 증상 [症狀]

　羅馬　　　　麻痺　　　鼻炎　　　發炎　　　症狀

❖ 루비 [ruby] - 비밀 [祕密] - 밀집 [密集]- 집중 [集中] - 중간 [中間]

　紅寶石　　　祕密　　　密集　　　集中　　　中間

❖ 리본 [ribbon] - 본드 [bond] - 드라마 [drama] - 마음 - 음성 [音聲]

　緞帶　　　　黏著劑　　　連續劇　　　　心　　聲音、語音

（5）子音ㅁ　MP3 43

❖ 마이크 [mike] - 크레파스 [craypas] - 스페인 [Spain] - 인사 [人事] - 사람

　麥克風　　　　蠟筆　　　　　西班牙　　　打招呼　　　人

❖ 머리 - 리스본 [Lisbon] - 본토 [本土] - 토종 [土種] - 종점 [終點]

　頭　　里斯本　　　　本土　　　土種　　　終點（站）

❖ 모임 - 임신 [妊娠] - 신발 - 발자국 - 국자

　聚會　懷孕　　　鞋子　腳印　勺子

❖ 무식 [無識] - 식초 [食醋] - 초장 [醋醬] - 장수 [長壽] - 수출 [輸出]

　無知　　　醋　　　醬醋調味料　長壽　　　出口

（6）子音 ㅂ MP3 44

❖ 바나나 [banana] - 나라 - 라디오 [radio] - 오징어 - 어린이

　香蕉　　　　　　國家　收音機　　　魷魚　　兒童

❖ 보자기 - 기자 [記者] - 자만 [自滿] - 만두 [饅頭] - 두부 [豆腐]

　包袱　　記者　　　　自滿、驕傲　餃子　　　　豆腐

❖ 부자 [富者] - 자유 [自由] - 유산 [遺產] - 산사태 [山沙汰] - 태도 [態度]

　富翁　　　　自由　　　遺產　　　山崩、土石流　態度

❖ 비옷 - 옷걸이 - 이사 [移徙] - 사장 [社長] - 장독 [醬~]

　雨衣　衣架　　搬遷　　　社長、總經理　醬缸

（7）子音 ㅅ MP3 45

❖ 사실 [事實] - 실감 [實感] - 감각 [感覺] - 각서 [覺書] - 서양 [西洋]

　事實　　　　真實感　　　感覺　　　　備忘錄　　　西洋

❖ 서울 - 울상 [~相] - 상장 [賞狀] - 장난감 - 감사 [感謝]

　首爾　哭相　　　獎狀　　　玩具　　感謝

❖ 수영 [水泳] - 영화 [映畫] - 화장실 [化妝室] - 실수 [失手] - 수치 [羞恥]

　游泳　　　　電影　　　　廁所　　　　失誤　　　　羞恥

❖ 시계 [時計] - 계약 [契約] - 약국 [藥局] - 국사 [國史] - 사회 [社會]

　鐘錶　　　　契約　　　藥局　　　國史　　　社會

（8）子音ㅇ MP3 46

❖아버지 – 지진 [地震] – 진심 [眞心] – 심해 [深海] – 해양 [海洋]

父親　　　地震　　　　真心　　　　深海　　　　海洋

❖어제 – 제목 [題目] – 목표 [目標] – 표정 [表情] – 정신 [精神]

昨天　題目　　　　目標　　　　表情　　　　精神

❖우산 [雨傘] – 산골짜기 [山~] – 기차 [汽車] – 차표 [車票] –

雨傘　　　　山谷　　　　火車　　　　車票

표지판 [標識板]

指示牌

❖이유 [理由] – 유황 [硫磺] – 황사 [黃沙] – 사업 [事業] – 업무 [業務]

理由　　　硫磺　　　黃沙、沙塵　事業　　　　業務

（9）子音ㅈ　MP3 47

❖ 자전거 [自轉車] – 거미 – 미용 [美容] – 용기 [勇氣] – 기생충 [寄生蟲]
　自行車　　　　　蜘蛛　美容　　　　勇氣　　　　寄生蟲

❖ 저기압 [低氣壓] – 압수 [押收] – 수염 [鬚髯] – 염소 – 소나기
　低氣壓　　　　　沒收　　　　鬚子　　　　山羊　陣雨

❖ 주유소 [注油所] – 소식 [消息] – 식탐 [食貪] – 탐욕 [貪慾] –
　加油站　　　　消息　　　　貪吃　　　　貪心
　욕망 [欲望／慾望]
　欲望

❖ 지연 [遲延] – 연주 [演奏] – 주말 [週末] – 말씀 – 씀씀이
　延遲　　　　演奏　　　　週末　　　　話語　開銷

（10）子音 ㅊ　MP3 48

❖ **차장** [次長] – **장인** [丈人] – **인사동** [仁寺洞] – **동그라미** –

　次長　　　　丈人　　　　仁寺洞　　　　圓形

　미완성 [未完成]

　未完成

❖ **처음** – **음식** [飮食] – **식물** [植物] – **물고기** – **기법** [技法]

　初次　飮食　　　　植物　　　　魚　　　　技巧、技法

❖ **추세** [趨勢] – **세금** [稅金] – **금요일** [金曜日] – **일본** [日本] – **본인** [本人]

　趨勢　　　　稅金　　　　星期五　　　　日本　　　　本人

❖ **치아** [齒牙] – **아르바이트** [Arbeit] – **트럭** [truck] – **럭비** [Rugby] – **비누**

　牙齒　　　　打工　　　　　　貨車　　　　橄欖球賽　　　肥皂

（11）子音ㅋ　MP3 49

❖카메라 [camera] - 라면 - 면봉 [綿棒] - 봉투 [封套] - 투자 [投資]
　相機　　　　　泡麵　棉花棒　　　信封　　　投資

❖코끼리 - 리본 [ribbon] - 본인 [本人] - 인기 [人氣] - 기계 [機械]
　大象　　緞帶　　　　本人　　　　人氣、受歡迎　機械

❖콜라 [cola] - 라디오 [radio] - 오징어 - 어린이 - 이름
　可樂　　　收音機　　　魷魚　　兒童　　名字

❖키보드 [keyboard] - 드라마 [drama] - 마당 - 당구 [撞球] - 구름
　鍵盤　　　　連續劇　　　庭園　撞球　　　雲

（12）子音ㅌ　MP3 50

❖타조 [鴕鳥] - 조명 [照明] - 명함 [名銜] - 함정 [陷穽] - 정리
　鴕鳥　　　照明　　　名片　　　陷阱　　　整理

❖토지 [土地] - 지방 [地方] - 방구 - 구명조끼 - 끼니
　土地　　　地方　　　放屁　救生衣　　餐、頓飯

❖투명 [透明] - 명단 [名單] - 단어 [單語] - 어항 [魚缸] - 항균 [抗菌]
　透明　　　名單　　　單字　　　魚缸　　　抗菌

❖통화 [通話] - 화장 [化妝] - 장화 [長靴] - 화분 [花盆] - 분석 [分析]
　通話　　　化妝　　　雨鞋　　　花盆　　　分析

（13）子音ㅍ　MP3 51

❖ 파일 [file] − 일사병 [日射病] − 병원 [病院] − 원장 [院長] − 장래 [將來]

　檔案　　　　中暑　　　　　　醫院　　　　院長　　　　將來

❖ 폐업 [閉業] − 업종 [業種] − 종족 [種族] − 족발 [足~] − 발가락

　停業　　　　業種、行業　種族　　　　蹄膀、豬腳　腳趾

❖ 포도 [葡萄] − 도장 [圖章] − 장사 − 사자 [獅子] − 자연 [自然]

　葡萄　　　　印章　　　　生意　獅子　　　自然

❖ 피아노 [piano] − 노래방 [~房] − 방송 [放送] − 송아지 − 지구 [地球]

　鋼琴　　　　　KTV　　　　　　廣播、節目　小牛（犢）地球

（14）子音ㅎ　MP3 52

❖ 하와이 [Hawaii] − 이혼 [離婚] − 혼인 [婚姻] − 인간 [人間] − 간장 [~醬]

　夏威夷　　　　離婚　　　　婚姻　　　　人類、人　醬油

❖ 한국 [韓國] − 국가 [國家] − 가요 [歌謠] − 요리 [料理] − 리무진 [limousine]

　韓國　　　　國家　　　　歌謠　　　　料理　　　豪華轎車

❖ 허수아비 − 비바람 − 람보 [Rambo] − 보배 [寶貝] − 배나무

　稻草人　　　風雨　　藍波　　　　寶貝　　　　梨樹

❖ 호빵 − 빵집 − 집안 − 안경 [眼鏡] − 경제 [經濟]

　包子　　麵包店　屋裡　眼鏡　　　　經濟

♠ 3. 繞口令（잰말놀이）　MP3 53

❖ 간장 공장 공장장은 장 간장 공장 공장장이고 된장 공장 공장장은
강 된장 공장 공장장이다.

醬油工廠工廠長是張醬油工廠工廠長，豆醬工廠工廠長是江豆醬工廠工廠
長。

❖ 생각이란 생각하면 생각할 수록 생각나는 것이 생각이므로
생각하지 않겠다고 생각하는 것이 좋은 생각이라고 생각한다.

要是想到想法，愈想就愈有想法，因為它是要思想的，所以說不要想的想
法，我認為是好的想法。

❖ 내가 그린 기린 그림은 긴 기린 그림이고 니가 그린 기린 그림은 안
긴 기린 그림이다.

我畫的長頸鹿圖畫是很長的長頸鹿圖畫，你畫的長頸鹿圖畫是不長的長頸
鹿圖畫。

❖ 양양역 앞에 양양양장점이 있고 영양역 옆에 영양양장점이 있다.

襄陽站前有襄陽洋裝店，榮洋站旁有榮洋洋裝店。

❖ 저 분은 백 법학박사이고 이 분은 박 법학박사이다.

那位是白法學博士，這位是朴法學博士。

❖ 상표 붙인 큰 깡통은 깐 깡통인가 안 깐 깡통인가 ?

貼上商標的大罐頭是開過的罐頭，還是沒開過的罐頭 ?

❖내가 그린 구름 그림은 새털 구름 그린 그림이고 네가 그린 구름

그림은 양털 구름 그린 그림이다.

我畫的雲朵圖是畫成羽毛雲彩的圖畫，你畫的雲朵圖是畫成羊毛雲彩的圖

畫。

❖저기 저 뜀틀이 내가 뛸 뜀틀인가 내가 안 뛸 뜀틀인가?

那邊的那個跳馬，是我要跳的跳馬，還是我不要跳的跳馬？

❖저기 있는 말뚝이 말 맬 말뚝이냐, 말 못 맬 말뚝이냐?

那裡的木樁是栓馬的木樁，還是不能栓馬的木樁？

❖중앙청 창살은 쌍 창살이고, 시청의 창살은 외 창살이다.

中央政府的窗格子是雙窗格的，市政府的窗格子是單窗格的。

천 리 길도 한 걸음부터.

千里之行始於足下。

（萬丈高樓平地起）

音的變化

　　韓國文字為表音（拼音）文字，連音現象是其特徵之一。其中又以子音接變的規則變化多端，最讓初學者感到頭痛。以下將針對音的變化，做精簡的分析和說明。

（一）有氣音化　MP3 54

破裂音帶有喉擦音時變成有氣音。即 ㄱ、ㄷ、ㅂ、ㅈ 的前後有 ㅎ 時，會直接轉成氣音 ㅋ、ㅌ、ㅍ、ㅊ。

例如：

規則	代表字	讀音
ㄱ + ㅎ → ㅋ	막히다（被塞住）	[마키다]
ㅂ + ㅎ → ㅍ	십호（十號）	[시포]
ㅎ + ㄱ → ㅋ	좋고（好）	[조코]
ㅎ + ㄷ → ㅌ	많다（多）	[만타]
	놓다（放、置、鬆開）	[노타]
ㅎ + ㅈ → ㅊ	많지（多）	[만치]

例句：

❖ 길이 막혔습니다. 塞車（路塞住了）。
　　[마켜씀니다]

❖ 축하 [祝賀] 합니다. 恭喜。
　[추카　　　함니다]

❖ 생일 축하 [祝賀] 합니다. 祝您生日快樂。
　　[추카　　　함니다]

❖ 내 동생은 예쁘고 똑똑합니다. 我妹妹漂亮又聰明。
　　　　　[똑또캄니다]

❖ 점원이 아주 좋고 싸다고 해서요. 因為店員說很好又很便宜（物美價廉）。
　　　　[조코]

（二）鼻音化 MP3 55

帶有破裂音的尾音碰到鼻音的頭音時，此破裂音尾音會變成鼻音。

例如：

規則	代表字	讀音
ㄱ＋ㄴ→ㅇ＋ㄴ	먹는다（吃）	[멍는다]
ㄱ＋ㅁ→ㅇ＋ㅁ	국물（湯）	[궁물]
ㄱ＋ㄹ→ㅇ＋ㄴ	국립（國立）	[궁닙]
ㄷ＋ㄴ→ㄴ＋ㄴ	듣는다（聽）	[든는다]
ㅌ＋ㅁ→ㄴ＋ㅁ	홑몸（單身）	[혼몸]
ㅌ＋ㄴ→ㄴ＋ㄴ	맡는다（任、負）	[만는다]
ㅁ＋ㄹ→ㅁ＋ㄴ	금리（利息）	[금니]
ㅂ＋ㄴ→ㅁ＋ㄴ	입니다（是）	[임니다]
ㅂ＋ㅁ→ㅁ＋ㅁ	밥 먹고（吃飯）	[밤 먹꼬]
ㅂ＋ㄹ→ㅁ＋ㄴ	압력（壓力）	[암녁]
ㅅ＋ㄴ→ㄴ＋ㄴ	벗는다（脫）	[번는다]
ㅆ＋ㄴ→ㄴ＋ㄴ	있는（有）	[인는]
ㅇ＋ㄹ→ㅇ＋ㄴ	향락（享樂）	[향낙]
ㅈ＋ㄴ→ㄴ＋ㄴ	찾는다（尋找）	[찬는다]
ㅊ＋ㄴ→ㄴ＋ㄴ	쫓는다（追趕）	[쫀는다]
ㅍ＋ㄴ→ㅁ＋ㄴ	앞날（前途）	[암날]
ㅍ＋ㅁ→ㅁ＋ㅁ	옆문（側門）	[염문]

例句：

❖ 나는 떡볶이를 먹는다. 我吃辣炒年糕。
　　　　　[멍는다]

❖ 라면국물이 맵다. 泡麵（的）湯辣。
　　　[궁물]

❖ 한국노래를 듣는다. 聽韓國歌曲。
　　　　　[든는다]

❖ 그녀는 홑몸이 아니다. 她懷孕了。
　　　　[혼모미]

❖ 이번 임무는 내가 직접 맡는다. 這次任務由我直接（親自）負責。
　　　　　　[만는다]

❖ 옷을 벗는다. 脫衣服。
　　　[번는다]

❖ 그는 정말 매력있는 사람이다. 他真是個有魅力的人。
　　　　　[인는]

❖ 사람들은 연애할 때 흔히 낭만적인 장소를 찾는다.
　　　　　　　　　　　　　[찬는다]
　人們在談戀愛時，通常會找浪漫的場所（地方）。

❖ 경찰이 도둑을 쫓는다. 警察追小偷。
　　　　[쫀는다]

❖ 안녕하세요. 저는 OOO입니다. 您好！我是OOO。
　　　　[임니다]

❖ 여러분 밥 먹고 꼭 이 닦으세요. 請各位吃完飯後一定要刷牙。

    [밤 먹꼬]

❖ 정말 앞날이 깜깜하다. 前途真黯淡。

    [암나리]

❖ 정문은 닫혔으니 옆문으로 돌아가세요.

        [염무느로]

正門（被）關起來了，請從側門進去！

❖ 제주도에 있는 한라산은 국립공원의 하나이다.

        [궁닙]

位於濟州島的漢拏山是國家公園之一。

❖ 금리가 인상되었다. 調高利息了。

  [금니]

❖ 그는 자신의 이익을 도모하기 위해 나에게 압력을 넣었다.

        [암녀글]

他為了謀求自己的利益，向我施壓。

❖ 향락에 빠지다. 沉溺在享樂當中。

  [향나게]

（三）邊音（舌側音）化　MP3 56

「ㄴ」音在「ㄹ」音之前或之後時，「ㄴ」音會轉變成「ㄹ」音。

例如：

規則	代表字	讀音
ㄴ + ㄹ → ㄹ + ㄹ	혼례（婚禮）	[홀레]
	신라（新羅）	[실라]
	연락（聯絡）	[열락]
ㄹ + ㄴ → ㄹ + ㄹ	칼날（刀刃）	[칼랄]

例句：

❖다음 주에 우리 집에 혼례가 있습니다. 下星期我家有婚禮要辦。
　　　　　　　　[홀레]

❖신라는 삼국 통일이라는 대업을 이루었다. 新羅完成了統一三國的大業。
　[실라]

❖다음에 또 연락을 드리겠습니다. 我下次再聯絡您。
　　　　　　　　[열락]

❖칼날이 날카로워요. 刀刃很銳利。
　[칼랄]

（四）濃音（硬音）化　MP3 57

尾音ㄱ、ㅂ、ㅊ、ㅅ和ㄱ、ㄷ、ㅂ、ㅈ、ㅅ頭音相連時，後者會變成
ㄲ、ㄸ、ㅃ、ㅉ、ㅆ。

例如：

規則	代表字	讀音
ㄱ＋ㄱ→ㄱ＋ㄲ	떡국（年糕湯）	[떡꾹]
ㅂ＋ㄱ→ㅂ＋ㄲ	밥그릇（餐具）	[밥끄릇]
ㅊ＋ㄱ→ㄷ＋ㄲ	꽃가지（花的枝幹）	[꼳까지]
ㅅ＋ㄱ→ㄷ＋ㄲ	옷감（衣料）	[옫깜]
ㄱ＋ㄷ→ㄱ＋ㄸ	떡덩이（糕餅塊）	[떡떵이]
ㅂ＋ㄷ→ㅂ＋ㄸ	집뒤（屋後）	[집뛰]
ㅊ＋ㄷ→ㄷ＋ㄸ	꽃다발（花束）	[꼳따발]
ㅅ＋ㄷ→ㄷ＋ㄸ	벗다가（脫著）	[벋따가]
ㄱ＋ㅂ→ㄱ＋ㅃ	떡볶이（炒年糕）	[떡뽀끼]
ㅂ＋ㅂ→ㅂ＋ㅃ	집벌（養蜂）	[집뻘]
ㅊ＋ㅂ→ㄷ＋ㅃ	숯불（炭火）	[숟뿔]
ㅅ＋ㅂ→ㄷ＋ㅃ	맛보다（嚐）	[맏뽀다]
ㄱ＋ㅈ→ㄱ＋ㅉ	박쥐（蝙蝠）	[박쥐]
ㅂ＋ㅈ→ㅂ＋ㅉ	집족제비（鼬鼠）	[집쪽쩨비]
ㅊ＋ㅈ→ㄷ＋ㅉ	닻줄（錨索）	[닫쭐]
ㅅ＋ㅈ→ㄷ＋ㅉ	갓집（紗帽盒）	[갇찝]
ㄱ＋ㅅ→ㄱ＋ㅆ	국사발（湯碗）	[국싸발]
ㅂ＋ㅅ→ㅂ＋ㅆ	밥사발（飯碗）	[밥싸발]
ㅊ＋ㅅ→ㄷ＋ㅆ	숯섬（炭袋）	[숟썸]
ㅅ＋ㅅ→ㄷ＋ㅆ	옷솜（綿絮）	[옫쏨]

例句：

❖ 설날에는 떡국을 먹는다. 在春節時，吃年糕湯。
　　　　　[떡꾹]

❖ 밥그릇을 깨끗이 비웠다. 把飯碗裡的飯，吃得很乾淨。
　[밥끄르슬]

❖ 그녀는 꽃가지를 꺾어다가 꽃병에 꽂았다. 她摘下整枝花朵，插在花瓶裡。
　　　　　[꼳까지]

❖ 옷감이 부족하다. 衣料不夠。
　[옫까미 부조카다]

❖ 떡덩이를 나누다. 分（享）糕餅。
　[떡떵이]

❖ 집 뒤에는 산이 있다. 家後面有山。
　[집 뒤]

❖ 졸업식 때 꽃다발을 받았다. 我畢業典禮時，收到花束了。
　　　　　[꼳따발]

❖ 옷을 벗다가 정전기가 일어났다. 衣服一脫下，就產生了靜電。
　　　　[벋따가]

❖ 떡볶이의 원조는 신당동이다. 辣炒年糕的始祖（元祖）是在新堂洞。
　[떡뽀끼]

❖ 집벌에 쏘이면 아프다. 要是被蜜蜂螫到，會很痛。
　[집뻐레]

❖삼겹살은 숯불에 구워먹어야 맛있다. 五花肉要用炭烤的，才好吃。
　　　[숟뿌레]

❖김치찌개를 맛보다. 嚐嚐看泡菜鍋的味道。
　　　　　[맏뽀다]

❖박쥐는 어두운 동굴에서 산다. 蝙蝠生活在陰暗的洞窟（洞穴）裡。
　[박쮜]

❖우리집 마당에는 집족제비가 산다. 我家院子裡有隻鼬鼠。
　　　　[집쪽쩨비]

❖닻줄을 길게 늘어뜨리다. 錨索長長地垂掛著。
　[닫쭈를]

❖갓집 속에서 갓을 꺼내 손질을 했다. 把紗帽盒裡的紗帽拿出來整理。
　[갇찝]

❖그는 국사발을 만드는 장인이다. 他是製作湯碗的師傅。
　　　[국싸바를]

❖손이 미끄러워 밥사발을 깨뜨렸다. 因為手滑，打破了飯碗。
　　　　[밥싸바를]

❖숯섬 안에서 숯을 꺼내왔다. 從炭袋裡取出木炭。
　[숟썸]

❖옷의 옷솜이 삐져나왔다. 衣服的棉絮露出來了。
　　　[옫쏨]

（五）口蓋音化（顎化音） MP3 58

顎化音是字尾「ㄷ、ㅌ」連接後面的母音「ㅣ」或「히」時，會變成
另外一個音，這是由舌面和硬顎接觸的部分擴大而產生的音，亦稱為口蓋
音化。

例如：

規則	代表字	讀音
ㄷ + 이 → 지	맏이（長子、長女）	[마디 → 마지]
	해돋이（日出）	[해도디 → 해도지]
	굳이（堅決）	[구디 → 구지]
ㅌ + 이 → 치	같이（一起）	[가티 → 가치]
	볕이（陽光）	[벼티 → 벼치]
	밭이（田）	[바티 → 바치]
ㄷ + 히 → 치	굳히다（穩固）	[구치다]
	묻히다（被埋）	[무치다]
	닫히다（被關）	[다치다]

例句：

❖ 나는 우리 집의 맏이다. 我是我們家的老大。
　　　　　[마지]

❖ 정동진의 해돋이는 일품이다. 正東津的日出堪稱一絕。
　　　　　[해도지]

❖ 굳이 내가 나서지 않아도 된다. 堅持不讓我插手（干涉、出頭）也行。
　[구지]

❖힘든 일도 같이 하면 쉬워진다.
　　　　　[가치]
　　即使是吃力的事情（工作），要是一起做的話，會變得容易些。

❖햇볕이 따사롭다. 陽光很暖和。
　[벼치]

❖비가 오지 않아 밭이 잘 갈리지 않는다. 不下雨，田地無法好好耕種。
　　　　　[바치]

❖콘크리트를 굳히다. 使混凝土凝固。
　　　　[구치다]

❖땅속에 묻히다. 埋在土裡。
　　　[무치다]

❖바람이 세게 불어 문이 닫히다. 強風吹起，門被關上了。
　　　　　[다치다]

（六）略音 MP3 59

韓文也存在略音的情形，韓文中有些音在唸的時候，會被省略掉而不發音，其規則如下（｛ ｝內為各動詞、形容詞省略母音前的完整寫法）：

1.同樣的母音重疊時，其中一個母音會被省略掉。

例如：

規則	代表字	合併
ㅏ + ㅏ	가아서（去）	가서
	사았다（買）	샀다
ㅓ + ㅓ	서어서（站）	서서

例句：

❖피곤하면 집에 가서 쉬도록 하세요. 您要是累的話，請回家休息吧。
　　　　　　｛가아서｝

❖좋아하는 가수의 앨범을 몇 장 샀다. 我買了幾張我喜歡的歌手專輯。
　　　　　　｛사았다｝

❖식당 앞에 손님들이 줄을 서서 기다리고 있다.
　　　　　　｛서어서｝
客人在餐廳前面排隊等候著。

2.「ㅡ」音在「ㅓ」音的前面時，「ㅡ」音會被省略掉。

　　例如：

規則	代表字	合併
ㅡ + ㅓ	뜨었다（升、浮）	떴다
	쓰어도（用、寫）	써도
	크어서（大）	커서
	끄어도（熄）	꺼도

　　例句：

❖ 아침 해가 떴다. 清晨太陽升起。
　　　　{뜨었다}

❖ 아무리 안간힘을 써도 그 바위는 움직이지 않았다.
　　　　　　{쓰어도}
　我再怎麼使盡全力，那個岩石還是不動（如山）。

❖ 신발이 커서 자꾸 벗어진다. 因為鞋子太大，所以常會脫落。
　　　{크어서}

❖ 불을 꺼도 볼 수 있다. 即使關燈也可以看到。
　　　{끄어도}

3.「ㅐ」、「ㅔ」的後面接「ㅓ」的音時，「ㅓ」音會被省略掉。

例如：

規則	代表字	合併
ㅐ + ㅓ	개었다（晴）	갰다
	배었다（懷孕）	뱄다
	매었다（結）	맸다
ㅔ + ㅓ	세었다（數）	셌다

例句：

❖ 하늘이 맑게 갰다. 天晴了。
　　　　{개었다}

❖ 날이 개서 마당에 나가 축구를 합니다. 因為天晴了，所以去到院子踢足球。
　　　{개어서}

❖ 우리 집 개가 새끼를 뱄다. 我家的狗懷孕了。
　　　　{배었다}

❖ 지금은 명태가 알을 배서 맛이 좋습니다. 現在明太魚有卵，很好吃。
　　　{배어서}

❖ 리본을 예쁘게 맸다. 蝴蝶結打得很漂亮。
　　　　{매었다}

❖ 바지가 커서 허리띠를 매도 흘러내렸다.
　　　　　{매어도}
　　褲子太大，繫了腰帶還是滑了下去。

❖나는 돈을 셌다. 我數錢。

　　　　{세었다}

❖물량이 너무 많아 계속 세도 끝이없다. 數量太多，一直數都數不完。

　　　　{세어도}

4. 在母音之間的「ㅎ」音會被省略掉。也就是當「ㅎ」非字頭時。

　　例如：

規則	代表字	讀音
母音＋ㅎ＋母音	넣어도（放入）	[너어도]
	놓아라（放下）	[노아라]
	좋아서（好）	[조아서]
	많은（多）	[마는]
	싫은（討厭）	[시른]

　　例句：

❖눈에 넣어도 아프지 않을 만큼 사랑스럽다. 如掌上明珠般地可愛。

　　[너어도]

❖약봉지에 약을 넣었다. 藥袋裡面放了藥。

　　　　[너었다]

❖책상을 반듯하게 놓아라. 將書桌放端正吧。

　　　　[노아라]

❖잡았던 손을 탁 놓았다. 將緊抓住的手一下子放掉了。

　　　　[노았다]

❖날씨가 좋아서 자전거를 끌고 나왔다.
　　　[조아서]
　因為天氣好，所以出來騎腳踏車。（牽腳踏車出來了。）

❖선생님한테 칭찬을 들어 기분이 좋았다. 聽到老師的稱讚，心情好。
　　　　　　　[조았다]

❖겁이 많은 사람은 간이 작은가요 ? 膽子很小的人肝小嗎？
　　　[마는]

❖그는 걱정거리가 너무 많아서 큰일이다. 他煩惱的事情太多，很糟糕。
　　　[마나서]

（七）長短音　MP3 60

在韓語中有些字母相同的字，必須以母音的長短來區分其真正語意。

例如：

短音		長音	
韓文	中文	韓文	中文
솔	松	솔	刷子
발	腳	발	簾子
눈	眼	눈	雪
굴	牡蠣	굴	窟
배	梨、船、肚	배	倍
말	馬	말	話、語
밤	夜	밤	栗子
무력	無力	무력	武力

（八）漢字語頭音法則 MP3 61

　　漢字語頭音法則通常是發生在南韓，北韓則保留漢字語頭原音，沒有頭音法則。共有以下三個頭音法則，分述如下：

1.「녀、뇨、뉴、니」的漢字語音在語頭時變成為「여、요、유、이」的音。

　　例如：

頭音（變）		非頭音（不變）	
漢字	韓文	漢字	韓文
女子	**여자**	子女	**자녀**
寧邊（地名）	**영변**	安寧	**안녕**
尿素	**요소**	泌尿	**비뇨**
泥土	**이토**	雲泥	**운니**
年歲	**연세**	新年	**신년**
紐帶	**유대**	結紐＊	**결뉴**
※有些漢字合成語中，若漢字字首的尾音是ㄴ、ㅇ時，則依照頭音法則來發音。例如： 新女性（**신여성**）、空念佛（**공염불**）、男尊女卑（**남존여비**）。			

＊「**결뉴**」的韓文漢字是 [結紐]，但中文意思是「綑綁、束縛」。

2.「랴、려、료、류、리、례」的漢字語音在語頭時變成為「야、여、요、유、이、예」的音。

　　例如：

頭音（變）		非頭音（不變）	
漢字	韓文	漢字	韓文
李先生	이선생	桃李花	도리화
良心	양심	改良	개량
力學	역학	水力	수력
料理	요리	材料	재료
流水	유수	下流 *	하류
禮儀	예의	謝禮	사례

*「**하류**」的韓文漢字是［下流］，但中文意思是「下游」。

3.「**라、로、루、르、래、뢰**」的漢字語音在語頭時變成為「**나、노、누、느、내、뇌**」的音。

例如：

頭音（變）		非頭音（不變）	
漢字	韓文	漢字	韓文
樂園	낙원	喜樂	희락
錄音	녹음	記錄	기록
陋習	누습	固陋	고루
陵碑	능비	丘陵	구릉
來世	내세	未來	미래
雷聲	뇌성	地雷	지뢰

고생 끝에 낙이 온다. (俚)

（俚語）苦盡甘來。

氣息的掌控一
韓語四格發音學習法

每一種語言都有其獨特的發音規則,而韓語發音的氣息掌控,也常困擾初學者。只要跟著本書獨創「韓語四格發音學習法」多加練習,自然而然就能說出一口漂亮的韓語!

要學習韓語氣息的掌握，要先了解「氣」的強度。根據**허용、김선정**（2006）所著《韓國語發音教育論》書中，依照氣（aspiration）的強度，韓語的子音可分類為：

❖ 破裂音：ㅂ（p，平音）、ㅃ（p'，硬音）、ㅍ（pʰ，激音）—雙唇音
❖ 破裂音：ㄷ（t，平音）、ㄸ（t'，硬音）、ㅌ（tʰ，激音）—齒槽音
❖ 破裂音：ㄱ（k，平音）、ㄲ（k'，硬音）、ㅋ（kʰ，激音）—軟口蓋音
❖ 破擦音：ㅅ（s，平音）、ㅆ（s'，硬音）—齒槽音
❖ 破擦音：ㅈ（tʃ，平音）、ㅉ（tʃ'，硬音）、ㅊ（tʃʰ，激音）—硬口蓋音
❖ 喉音：ㅎ（h，激音）
❖ 鼻音：ㅁ（m，雙唇音）、ㄴ（n，齒槽音）、ㅇ（ŋ，軟口蓋音）
❖ 流音：ㄹ（r／l，齒槽音）[1]

然而，針對韓語子音有關氣的強度問題，就外國人初學者而言，不是件容易的事。根據筆者在台灣從事韓語教學多年的經驗，如何帶領初學者輕鬆入門學習韓語，有些個人的見解與方法，因此，整理出一些相關資料，同時，針對台灣初學者融入當地台語（閩南語）的特性，抓出一些訣竅，擬出一套學習方法，讓大家可以掌握到韓語發音的技巧。茲將重點分述如後。

針對韓語子音有關氣的強度，對外國人初學者而言，不是件容易的事。但是只要跟著本單元的學習方法，多加練習，一定可以掌握韓語發音的訣竅與技巧！

---

[1] **허용、김선정**（2006）「**외국어로서의 한국어 발음교육론**」도서출판 박이정，Seoul, Korea，p.46。

（一）送氣音與不送氣音的區分

♠ 1. 清音與濁音的發音方式

韓語的單子音中，有清音（含送氣音、不送氣音）、濁音（包含鼻音、舌顫（側）音）等。

❖清音：氣息從氣管出來通過聲門時，聲門並未緊閉，氣息自內流出，聲帶不發生顫動，叫做清音。

例如：ㄱ、ㄷ、ㅂ、ㅅ、ㅈ、ㅊ、ㅋ、ㅌ、ㅍ、ㅎ

以上清音當中，又有送氣音與不送氣音的區別。例如：

送氣音（激音）：ㅊ、ㅋ、ㅌ、ㅍ

不送氣音：ㄱ、ㄷ、ㅂ、ㅈ

❖濁音（鼻音、流音）：氣息從氣管出來通過聲門時，氣息使聲帶產生顫動，發出的聲音往往會使鼻腔或舌側處帶顫動音，叫做濁音。

例如：ㄴ、ㄹ、ㅁ、ㅇ

♠ 2. 掌握不送氣與微氣的區別

屬於清音中不送氣音的ㅂ、ㄷ、ㄱ、ㅈ等子音，其音價（發出來的聲音）雖為 [b／ㄅ]、[d／ㄉ]、[g／ㄍ]、[j／dz／ㄗ]，但是這些子音若為頭音（字首）時，會變成微氣音，即，[p／ㄆ]、[t／ㄊ]、[k／ㄎ]、[ch或j／ts或dz／ㄘ]。（請參考本書第二單元P.49子音篇）

對於初學者而言，在不送氣與微氣的發音練習時，往往無法掌控得宜。

例如：**가다** [kada]

　　　기자 [kija] [kidza]

　　　자기 [chagi] [jagi][2]

　　　바보 [pa:bo]

　　　다방 [tabang] [tabaŋ]

　　此外，初學者在送氣音與不送氣音的音準方面，拿捏不準，常常混淆。

　　例如：

例字	頭音（字首）	非頭音（非字首）
가	가 [ka]（微氣）	가 [ga]（不送氣）
카	카 [kʰa]（送氣）	카 [kʰa]（送氣）
다	다 [ta]（微氣）	다 [da]（不送氣）
타	타 [tʰa]（送氣）	타 [tʰa]（送氣）
발	발 [pal]（微氣）	발 [bal]（不送氣）
팔	팔 [pʰal]（送氣）	팔 [pʰal]（送氣）
자	자 [cha] [tsa]（微氣）	자 [ja] [dza]（不送氣）
차	차 [chʰa] [tsʰa]（送氣）	차 [chʰa] [tsʰa]（送氣）

　　針對送氣、不送氣與微氣的學習要領，筆者自創「韓語四格發音學習法」，可有效協助韓語初學者突破發音障礙。

---

[2] **자기** [chagi] [jagi] 前者引號內的羅馬拼音為筆者註記，後者引號的標音係參照韓國文化體育觀光部公布的羅馬拼音。

♠ 3. 韓語四格發音學習法

　　韓語子音的發音有別於其他的語言，根據氣的強弱，所發出的每個音都有所不同，因此，氣息的掌控相當重要。學習者在發音時，可將手掌放在嘴唇前方，感受聲門氣息的不同，或用一張薄紙置於嘴唇前方，練習氣音的強弱。以**가**、**카**、**까**為例，當**가**為頭音時，所發出的音為微氣音，如：**가지** [kaji ／ kadzi]（茄子）；當**가**不是頭音時，所發出的音為不送氣音，如：**단가** [tanga]（單價）；**카**為送氣音（激音），如：**카메라** [k^{h}amera]（相機）；而**ㄲ**則為硬音，如：**까치** [ggach^{h}i]（喜鵲）。

　　為了克服這個問題，筆者根據多年的教學經驗，整理出一套簡單而淺顯易懂的分辨方法，採用四個方格的方式，方便說明氣度的強弱，針對初學者比較無法掌控的微氣音、送氣音、不送氣音、硬音部分，相當於平音（**평음**）、激音（**격음**）、硬音（**경음**），訂出四個主要發音要領，讓學習者容易分辨的方法，因而稱之為「韓語四格發音學習法」。

　　四個窗型的格子，分別代表「微氣音（平音）」、「送氣音（激音）」、「不送氣音（平音）」與「硬音」。請從格子的左上方開始，接著依照左下方、右上方、右下方的順序一一跟著MP3朗讀。

　　下列有關音標的註記係筆者根據實際發音狀況標記，提供學習者參考，與韓國文化體育觀光部公布的羅馬拼音雖略有不同，但卻是非常好的學習法哦！

四格發音的發音要領

微氣音（平音）	不送氣音（平音）
ㄱ [k／ㄎ]	ㄱ [g／ㄍ]
ㄷ [t／ㄊ]	ㄷ [d／ㄉ]
ㅂ [p／ㄆ]	ㅂ [b／ㄅ]
ㅈ [ch或j／ts或dz／ㄘ]	ㅈ [j／dz／ㄗ]
發音要領：原是不送氣音，但為字頭時，發音帶些微氣，故將它稱為微氣音。	發音要領：不為字頭時，為不送氣音，發音不帶氣，以實音發聲。
送氣音（激音）	硬音
ㅋ [kʰ／ㄎ]	ㄲ [gg／ㄍ]
ㅌ [tʰ／ㄊ]	ㄸ [dd／ㄉ]
ㅍ [pʰ／ㄆ]	ㅃ [bb／ㄅ]
ㅊ [chʰ／tsʰ／ㄘ]	ㅉ [jj／dz／ㄗ]
發音要領：以氣音的方式，發音時加重口氣，比微氣音更強烈的發聲。	發音要領：以不送氣音的方式發聲，但需要加重其音價。

（二）韓語四格發音學習法練習

以**가**、**카**、**까**為例，當**가**為頭音時，所發出的音為微氣音，如：**가지** [kaji] [kadzi]（茄子）；當**가**不是頭音時，所發出的音為不送氣音，如：**단가** [tanga]（單價）；**카**為送氣音（激音），如：**카메라** [kʰamera]（相機）；而**ㄲ**則為硬音，如：**까치** [ggachʰ i]（喜鵲）。

學習者也可以按照韓文字母順序套用「四格發音法」勤加練習，自然而然說出一口漂亮的韓語。練習順序如下：

四格發音學習法練習順序

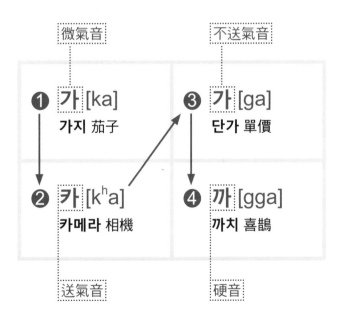

練習 ❶

가 → 카 → 가 → 까

[ka] → [kʰa] → [ga] → [gga]

가 [ka] **가지** 茄子	**가** [ga] **단가** 單價
카 [kʰa] **카메라** [camera] 相機	**까** [gga] **까치** 喜鵲

❖ 가지가 맛있어요. 茄子好吃。

❖ 카메라를 주세요. 請給我相機。

❖ 단가는 얼마인가요? 單價是多少呢?

❖ 까치가 울면 손님이 온답니다. 聽說：喜鵲叫，客人到。

練習 2

갈 → 칼 → 갈 → 깔
[kal] → [kʰal] → [gal] → [ggal]

갈 [kal] 갈색 褐色	갈 [gal] 정갈하다 整潔
칼 [kʰal] 칼슘 鈣	깔 [ggal] 깔끔하다 乾淨

❖ 나는 갈색을 좋아합니다. 我喜歡褐色。

❖ 칼슘이 부족하다. 缺乏鈣質。

❖ 방안을 정갈하게 꾸민다. 房間收拾得很整潔。

❖ 깔끔하게 정리합시다. （我們一起）整理乾淨吧！

감 → 캄 → 감 → 깜

[kam] → [kʰam] → [gam] → [ggam]

감 [kam] **감동** 感動	**감** [gam] **곶감** 柿餅
캄 [kʰam] **캄캄하다** 黑漆漆	**깜** [ggam] **깜짝** 驚嚇貌

❖**넌 감동이었어**. 你令人感動。

❖**앞이 캄캄해요**. 前面黑漆漆的。

❖**감을 말리면 곶감이 됩니다**. 柿子曬乾就變柿餅。

❖**깜짝 놀랐어요**. （我）嚇了一大跳。

練習 ④

고 → 코 → 고 → 꼬
[ko] → [kʰo] → [go] → [ggo]

고 [ko] **고가** 高架	고 [go] **사고** 事故
코 [kʰo] **코트** 外套	꼬 [ggo] **꼬마** 小朋友

❖ **청계고가도로는 한국 최초의 고가도로이었다**.

　清溪高架道路是韓國最早的高架道路。

❖ **이 코트는 신상품입니다**. 這外套是新商品。

❖ **여기는 사고가 자주 나는 구간입니다**. 這裡是經常出車禍的路段。

❖ **꼬마가 장난을 치고 있다**. 小朋友在搗蛋。

$$골 \rightarrow 콜 \rightarrow 골 \rightarrow 꼴$$
$$[kol] \rightarrow [k^hol] \rightarrow [gol] \rightarrow [ggol]$$

골 [kol] **골목** 巷子	**골** [gol] **유골** 遺骨
콜 [k^hol] **콜라** 可樂	**꼴** [ggol] **꼴등** 榜尾

❖ 수진이는 집앞 골목에서 놀고 있었다. 秀真在家門前的巷子玩耍。

❖ 연아는 콜라를 단숨에 마셨다. 燕兒一口氣把可樂喝光了。

❖ 3000년 전 유골을 발굴하였다. 挖掘出一具三千年前的遺骨。

❖ 이번 시험에서도 민호는 꼴등이다. 這次考試敏浩又拿最後一名。

練習 6

$$구 → 쿠 → 구 → 꾸$$
$$[ku] → [k^hu] → [gu] → [ggu]$$

구 [ku] **구구단** 九九乘法	구 [gu] **지구** 地球
쿠 [k^hu] **쿠키** 餅乾	꾸 [ggu] **꾸미다** 裝飾

❖구구단을 외우자! 背九九乘法吧！

❖나는 쿠키를 만드는 것을 좋아합니다. 我喜歡做餅乾。

❖지구를 보호합시다!（一起）保護地球吧！

❖나는 방을 예쁘게 꾸미는 것을 좋아합니다.
　我喜歡把房間裝飾得很漂亮。

그 → ㅋ → 그 → ㄲ

[keu] → [kʰeu] → [geu] → [ggeu]

그 [keu] 그때 那時候	그 [geu] 개그맨 [gagman] 喜劇演員、諧星
ㅋ [kʰeu] 크기 大小、尺寸	ㄲ [ggeu] 끄덕이다 點頭

❖그때를 기억하니 ? （你）記得那個時候嗎？

❖이거나 저거나 크기는 똑같아. 這個或是那個的大小都一樣。

❖그 개그맨은 너무 재미없어. 那個喜劇演員很無趣。

❖고개를 끄덕이다. （一直）點頭。

練習 8

기 → 키 → 기 → 끼
[ki] → [kʰi] → [gi] → [ggi]

기 [ki] **기차** 火車	기 [gi] **자기** 自己
키 [kʰi] **키보드** [keyboard] 鍵盤	끼 [ggi] **끼니** 餐、一頓飯

❖**기차는 버스보다 빠릅니다**. 火車比巴士快。

❖**키보드가 고장 났어요**. 鍵盤故障了。

❖**자기 자신을 알아야 한다**. 自己要了解自己才行。

❖**매 끼니를 꼭 챙겨 먹어야 합니다**. 每頓飯要按時吃才行。

♠ 2. 子音 ㄷ　MP3 66

練習 1

다 → 타 → 다 → 따
[ta] → [tʰa] → [da] → [dda]

다 [ta]
다시 再

다 [da]
바다 海

타 [tʰa]
타조 鴕鳥

따 [dda]
따뜻하다 溫暖

❖ 다시 시작하십시오. 請重新開始吧！

❖ 타조는 달리기를 매우 잘합니다. 鴕鳥很會跑。

❖ 나는 산보다 바다를 더 좋아합니다. 比起山，我更喜歡海。

❖ 동남아시아의 겨울은 따뜻합니다. 東南亞的冬天很暖和。

다 → 타 → 다 → 따
[ta] → [tʰa] → [da] → [dda]

다 [ta] **다시** 再	**다** [da] **가다** 去
타 [tʰa] **타인** 他人	**따** [dda] **따다** 採摘

❖오늘은 그만 쉬고 내일 다시 힘내요.

今天到此為止，明天繼續加油吧！

❖남자친구는 언제나 타인처럼 냉정하다.

男朋友就像陌生人似地總是很冷淡。

❖아버지는 아침 일찍 서울로 가셨습니다. 父親一早就去首爾了。

❖친구가 복숭아를 따다 주었어요. 朋友摘桃子給我了。

도　→　토　→　도　→　또
[to]　→　[tʰo]　→　[do]　→　[ddo]

도 [to]
도전 挑戰

도 [do]
기도 祈禱

토 [tʰo]
토끼 兔子

또 [ddo]
또한 又

❖올림픽 세계 신기록에 도전합니다. 挑戰奧林匹克世界新紀錄。

❖토끼는 귀가 길어요. 兔子耳朵長。

❖나의 가족들이 늘 행복하기를 기도합니다.
　我祈禱我的家人幸福常在。

❖이것 또한 지나가리라. 這個也是會過去的。

練習4

$$도 → 토 → 도 → 또$$
$$[to] → [t^ho] → [do] → [ddo]$$

도 [to] **도시** 城市	도 [do] **수도** 首都
토 [t^ho] **토끼** 兔子	또 [ddo] **또바기** 總是

❖지금의 도시 생활은 언제나 분주하고 바쁘다.

　現在的都市生活總是非常忙碌。

❖토끼는 당근을 좋아해요. 兔子喜歡吃胡蘿蔔。

❖서울은 한국의 수도입니다. 首爾是韓國的首都。

❖그는 아침마다 또바기 집 앞을 청소한다.

　他每天早上總是會打掃家門口。

두 → 투 → 두 → 뚜
[tu] → [tʰu] → [du] → [ddu]

두 [tu]
두뇌 頭腦

두 [du]
구두 皮鞋

투 [tʰu]
질투 嫉妒

뚜 [ddu]
뚜껑 蓋子

❖수학적인 두뇌가 발달한다. 數學的頭腦發達。

❖그는 동료의 승진을 질투하였다. 他嫉妒同事的升遷.

❖구두를 신다. 穿鞋子。

❖뚜껑을 덮으세요. 請蓋上蓋子。

$$들 \rightarrow 틀 \rightarrow 들 \rightarrow 뜰$$
$$[teul] \rightarrow [t^heul] \rightarrow [deul] \rightarrow [ddeul]$$

들 [teul] **들꽃** 野花	**들** [deul] **아들** 兒子
틀 [t^heul] **틀림** 錯誤	**뜰** [ddeul] **뜰** 院子

❖ 길가의 들꽃을 함부로 꺾으면 안된다. 路邊的野花不能隨便採。

❖ 이렇게 하는 것은 틀림이 없어요. 這麼做準沒錯。

❖ 저는 아들 하나와 딸 하나가 있습니다. 我有一個兒子和一個女兒。

❖ 우리 집 앞에는 뜰이 있어요. 我家前面有院子。

$$디 \rightarrow 티 \rightarrow 디 \rightarrow 띠$$
$$[ti] \rightarrow [t^hi] \rightarrow [di] \rightarrow [ddi]$$

디 [ti] **디지털** 數位	**디** [di] **마디** 句、節
티 [t^hi] **티켓** 票	**띠** [ddi] **허리띠** 腰帶

❖**요즘은 디지털 시대야**. 近來是數位化時代啊。

❖**티켓을 보여주세요**. 請給我看看你的票。

❖**말 한마디도 하지 않아요**. 一句話也不說。

❖**허리띠를 맵시다**.（我們）繫腰帶吧。

디 → 티 → 디 → 띠
[ti] → [tʰi] → [di] → [ddi]

디 [ti] 디자인 設計	디 [di] 간디 [Gandhi] 甘地
티 [tʰi] 티켓 車票	띠 [ddi] 띠다 帶有

❖ 이 옷은 혜진이가 직접 디자인한 것입니다.

이 衣服是慧珍親自設計的。

❖ 나는 영화 티켓 두 장을 끊었다. 我買了兩張電影票。

❖ 간디는 인도의 유명한 정치가이다. 甘地是印度知名的政治家。

❖ 치마가 흘러내리지 않게 벨트를 띠다. 為了避免裙子滑落而繫了腰帶。

$$바 \rightarrow 파 \rightarrow 바 \rightarrow 빠$$
$$[pa] \rightarrow [p^{h}a] \rightarrow [ba] \rightarrow [bba]$$

바 [pa] **바보** 傻瓜	**바** [ba] **알바** [Arbeit] 打工 （**아르바이트**的縮寫）
파 [p^{h}a] **파일** 檔案	**빠** [bba] **빠르다** 快

❖ 사람을 바보 취급하지 마라! 不要把人當傻瓜看！

❖ 파일을 어디에 저장해 둔거야? 檔案存放在哪裡呢？

❖ 저는 알바를 통해서 사회경험을 쌓고 있습니다.
    我正透過打工累積社會經驗。

❖ 비행기는 기차보다 빠르다. 飛機比火車快。

$$발 \rightarrow 팔 \rightarrow 발 \rightarrow 빨$$
$$[pal] \rightarrow [p^hal] \rightarrow [bal] \rightarrow [bbal]$$

발 [pal] **발달** 發達	**발** [bal] **유발** 誘發、吸引
팔 [p^hal] **팔자** 八字	**빨** [bbal] **빨대** 吸管

❖서울은 정보통신망이 매우 발달된 도시이다.

首爾是資訊網路非常發達的都市。

❖그 여인의 기구한 운명은 모두 팔자때문이다.

她坎坷的命運全都是八字的緣故。

❖스마트폰 광고는 소비자들의 구매 욕구를 유발하였다.

智慧型手機的廣告吸引消費者的購買慾。

❖나는 빨대로 주스를 마셨다. 我用吸管喝果汁。

$$보 \rightarrow 포 \rightarrow 보 \rightarrow 뽀$$
$$[po] \rightarrow [p^ho] \rightarrow [bo] \rightarrow [bbo]$$

보 [po] **보물** 寶物	보 [bo] **가보** [家寶] 傳家寶
포 [p^ho] **포장** 包裝	뽀 [bbo] **뽀뽀** 親吻

❖ **나는 보물찾기놀이를 가장 좋아합니다**. 我最喜歡尋寶遊戲。

❖ **어떻게 포장하는 게 좋을까요？** 您要怎麼包裝才好呢？

❖ **우리 집의 가보는 가족입니다**. 我們家的家寶是家人。

❖ **우리 아기 뽀뽀해 줄까？** 親一下我們的寶寶，如何？

練習 **4**

$$부 → 푸 → 부 → 뿌$$
$$[pu] → [p^hu] → [bu] → [bbu]$$

부 [pu] **부자** [富者] 有錢人	부 [bu] **어부** 漁夫
푸 [pʰu] **푸딩** [pudding] 布丁	뿌 [bbu] **뿌리** 根

❖ **생각하라, 그러면 부자가 될 것이다.**

　想想吧！這麼做會成為有錢人的。

❖ **내가 가장 좋아하는 디저트는 푸딩입니다.** 我最喜歡的點心是布丁。

❖ **어부의 집.** 漁夫之家。

❖ **뿌리 깊은 나무.** 根深的樹。

부 → 푸 → 부 → 뿌
[pu] → [pʰu] → [bu] → [bbu]

부 [pu]
부자 [富者] 有錢人

부 [bu]
아부 巴結

푸 [pʰu]
푸딩 [pudding] 布丁

뿌 [bbu]
뿌리 根

❖동생은 부동산 사업으로 성공하여 부자가 되었다.
　弟弟因房地產生意賺錢成為有錢人。

❖그녀는 간식으로 푸딩을 먹었어요. 她把布丁拿來當點心吃。

❖점원은 아부적인 웃음을 지으며 고객에게 다가갔다.
　店員的臉上掛起巴結的笑容走向顧客。

❖뿌리가 깊은 나무는 잎이 무성하다. 根深葉茂。

練習 6

비 → 피 → 비 → 삐
[pi] → [pʰi] → [bi] → [bbi]

비 [pi] **비밀** 祕密	**비** [bi] **고비** 關鍵
피 [pʰi] **피난** 避難	**삐** [bbi] **삐다** 扭傷

❖ 말할 수 없는 비밀. 不能說的祕密。

❖ 부산으로 피난을 가다. 到釜山避難。

❖ 오늘이 고비입니다. 今天是關鍵。

❖ 다리가 삐었습니다. 腳扭傷了。

비 → 피 → 비 → 삐
[pi] → [pʰi] → [bi] → [bbi]

비 [pi] 비교 比較	비 [bi] 우비 雨衣
피 [pʰi] 피로 疲勞	삐 [bbi] 삐다 扭傷

❖나는 언니와 비교되는 것이 정말 싫어요.

我很不喜歡被拿來跟姊姊比較。

❖그녀는 피로가 쌓여 결국 몸살에 걸렸다.

她因太過疲勞，以致生病了。

❖그는 우비를 입고 장화도 신었다. 除了雨衣之外，他還穿了雨鞋。

❖수현이는 운동하는 중에 손목을 삐었다. 秀賢運動時，扭傷手腕了。

♠ 4. 子音 ㅈ　

練習 ❶

$$자 \rightarrow 차 \rightarrow 자 \rightarrow 짜$$
$$[cha] \rightarrow [ch^ha] \rightarrow [ja] \rightarrow [jja]$$

자 [cha] **자전거** [自轉車] 自行車	**자** [ja] **기자** 記者
차 [ch^ha] **차고** 車庫	**짜** [jja] **짜다** 鹹

❖ **자전거를 타다가 넘어져서 피를 많이 흘렸어요**.

　騎自行車跌倒，流了很多血。

❖ **차는 차고에 있습니다**. 車子在車庫裡。

❖ **기자는 인터뷰 중입니다**. 記者正在採訪中。

❖ **찌개가 너무 짭니다**. 火鍋太鹹。

자 → 차 → 자 → 짜
[cha] → [ch^ha] → [ja] → [jja]

자 [cha]
자기 自己

자 [ja]
기자 記者

차 [ch^ha]
차고 車庫

짜 [jja]
짜다 鹹

❖누나는 뭐든지 자기 고집대로 한다.
姊姊凡事都要依自己的喜好來行事。

❖차고 앞에는 주차 금지입니다. 車庫前禁止停車。

❖철수는 조선일보 정치부 기자이다. 哲秀是朝鮮日報政治部記者。

❖한국 전통 김치는 짜고 맵습니다. 韓國傳統的泡菜又鹹又辣。

練習 3

조 → 초 → 조 → 쪼
[cho] → [ch^{h}o] → [jo] → [jjo]

조 [cho] **조미료** 調味料	조 [jo] **인조** 人造
초 [ch^{h}o] **초과** 超過	쪼 [jjo] **쪼개다** 切開

❖ **화학조미료는 인체에 해롭습니다.** 化學調味料對人體有害。

❖ **무게가 초과되었습니다.** 重量超重。

❖ **이 가방은 인조가죽으로 만들었습니다.** 這皮包是用人造皮製作的。

❖ **사과 하나를 둘로 쪼개다.** 把一顆蘋果切成兩半。

주 → 추 → 주 → 쭈
[ju] → [chʰu] → [ju] → [jju]

주 [ju] **주식** 股份	주 [ju] **거주** 居住
추 [chʰu] **추가** 追加	쭈 [jju] **쭈글쭈글** 皺巴巴

❖ **주식을 투자합니다.** 投資股票。

❖ **추가하시겠습니까?** 您要追加嗎?

❖ **어디에서 거주하고 계십니까?** 您住在哪?

❖ **할머니 얼굴은 쭈글쭈글합니다.** 奶奶的臉皮皺巴巴的。

練習❺

지 → 치 → 지 → 찌
[ji] → [ch^hi] → [ji] → [jji]

지 [ji] **지식** 知識	**지** [ji] **가지** 茄子
치 [ch^hi] **가치** 價值	**찌** [jji] **찌개** 湯

❖**책을 읽으면서 지식을 쌓아요**. 讀書兼累積知識。

❖**가치를 높입시다**. 抬高價值（身價）吧。

❖**가지를 주세요**. 請給我茄子。

❖**김치찌개랑 공기밥 하나 주세요**. 請給我一份泡菜鍋和一碗飯。

팔은 안으로 굽는다.（俚）

（俚語）胳臂往裡彎。

鼻化音ㄴ、ㅇ、ㅁ 與國語注音符號 之間的關係

　　濁音（鼻音）中ㄴ、ㅇ的發音，對初學者而言，常常難以分辨。對於國人而言，只要能夠清楚分辨注音符號的ㄢ、ㄣ、ㄤ、ㄥ，就能夠清楚發出ㄴ、ㅇ的正確發音。而閉口音ㅁ雖然沒有相對的中文發音，但尾音為ㅁ的韓語漢字，若用中文發音也會對應到ㄢ、ㄣ。

（一）開音的尾音ㄴ、ㅇ MP3 77

ㄴ、ㅇ這兩個子音若為尾音時，發音的音價相當於注音符號的「ㄢ／ㄣ」、「ㄤ／ㄥ」。

例如：

韓語發音	韓語漢字	中文發音
강산	江山	ㄐㄧㄤ ㄕㄢ
강권	强權	ㄑㄧㄤˊ ㄑㄩㄢˊ
건강	健康	ㄐㄧㄢˋ ㄎㄤ
공간	空間	ㄎㄨㄥ ㄐㄧㄢ
공민	公民	ㄍㄨㄥ ㄇㄧㄣˊ
공장	工廠	ㄍㄨㄥ ㄔㄤˇ
만원	滿員＊	ㄇㄢˇ ㄩㄢˊ
만인	萬人	ㄨㄢˋ ㄖㄣˊ
만장	萬丈	ㄨㄢˋ ㄓㄤˋ
문명	文明	ㄨㄣˊ ㄇㄧㄥˊ
문장	文章	ㄨㄣˊ ㄓㄤ
명령	命令	ㄇㄧㄥˋ ㄌㄧㄥˋ
명문	名門	ㄇㄧㄥˊ ㄇㄣˊ
명분	名分	ㄇㄧㄥˊ ㄈㄣˋ
명성	名聲	ㄇㄧㄥˊ ㄕㄥ
반면	反面	ㄈㄢˇ ㄇㄧㄢˋ
방송	放送	ㄈㄤˋ ㄙㄨㄥˋ

韓語發音	韓語漢字	中文發音
병원	病院	ㄅㄧㄥˋ ㄩㄢˋ
상궁	尙宮	ㄕㄤˋ ㄍㄨㄥ
상관	相關	ㄒㄧㄤ ㄍㄨㄢ
상권	商圈	ㄕㄤ ㄑㄩㄢ
상당	相當	ㄒㄧㄤ ㄉㄤ
상등	上等	ㄕㄤˋ ㄉㄥˇ
상량	商量	ㄕㄤ ㄉㄧㄤˊ
선생	先生	ㄒㄧㄢ ㄕㄥ
생선	生鮮	ㄕㄥ ㄒㄧㄢ
안경	眼鏡	ㄧㄢˇ ㄐㄧㄥˋ
안녕	安寧	ㄢ ㄋㄧㄥˊ
안전	安全	ㄢ ㄑㄩㄢˊ
안정	安定	ㄢ ㄉㄧㄥˋ
양산	洋傘	ㄧㄤˊ ㄙㄢˇ
연분	緣分	ㄩㄢˊ ㄈㄣˋ
연관	連貫*	ㄌㄧㄢˊ ㄍㄨㄢˋ
영광	榮光	ㄖㄨㄥˊ ㄍㄨㄤ
영양	營養	ㄧㄥˊ ㄧㄤˇ
영웅	英雄	ㄧㄥ ㄒㄩㄥˊ
용량	容量*	ㄖㄨㄥˊ ㄉㄧㄤˋ
운동	運動	ㄩㄣˋ ㄉㄨㄥˋ
운명	運命*	ㄩㄣˋ ㄇㄧㄥˋ

韓語發音	韓語漢字	中文發音
원장	院長	ㄩㄢˋ ㄓㄤˇ
원점	原點*	ㄩㄢˊ ㄉㄧㄢˇ
원천	源泉*	ㄩㄢˊ ㄑㄩㄢˊ
은행	銀行*	ㄧㄣˊ ㄏㄤˊ
응용	應用	ㄧㄥˋ ㄩㄥˋ
양장	洋裝	ㄧㄤˊ ㄓㄨㄤ
잔인	殘忍	ㄘㄢˊ ㄖㄣˇ
잔잔	潺潺	ㄔㄢˊ ㄔㄢˊ
장군	將軍	ㄐㄧㄤ ㄐㄩㄣ
정성	精誠	ㄐㄧㄥ ㄔㄥˊ
정장	正裝*	ㄓㄥˋ ㄓㄨㄤ
정원	庭園	ㄊㄧㄥˊ ㄩㄢ
정신	精神	ㄐㄧㄥ ㄕㄣˊ
정진	精進	ㄐㄧㄥ ㄐㄧㄣˋ
존경	尊敬	ㄗㄨㄣ ㄐㄧㄥˋ
진천	振天*	ㄓㄣˋ ㄊㄧㄢ
진통	陣痛*	ㄓㄣˋ ㄊㄨㄥˋ
진행	進行	ㄐㄧㄣˋ ㄒㄧㄥˊ
찬성	贊成	ㄗㄢˋ ㄔㄥˊ
총명	聰明	ㄘㄨㄥ ㄇㄧㄥˊ
청정	清淨	ㄑㄧㄥ ㄐㄧㄥˋ
평상	平常	ㄆㄧㄥˊ ㄔㄤˊ

韓語發音	韓語漢字	中文發音
평안	平安	ㄆㄧㄥˊ ㄢ
평생	平生	ㄆㄧㄥˊ ㄕㄥ
평양	平壤	ㄆㄧㄥˊ ㄖㄤˇ
항만	港灣	ㄍㄤˇ ㄨㄢ
항명	抗命	ㄎㄤˋ ㄇㄧㄥˋ
항문	肛門	ㄍㄤ ㄇㄣˊ
항상	恆常	ㄏㄥˊ ㄔㄤˊ
항온	恆溫	ㄏㄥˊ ㄨㄣ
항쟁	抗爭	ㄎㄤˋ ㄓㄥ
항행	航行	ㄏㄤˊ ㄒㄧㄥˊ
행인	行人	ㄒㄧㄥˊ ㄖㄣˊ

＊만원 [滿員]：客滿

＊연관 [連貫、聯關]：連貫、關聯（＝관련 關聯）

＊용량 [容量]：容量

＊운명 [運命]：命運、宿命

＊원점 [原點、圓點、遠點（長音）]：原點、圓點、遠點

＊원천 [源泉、怨天（長音）]：源泉、怨天

＊은행 [銀行、銀杏]：銀行、銀杏

＊정장 [正裝]：西裝、套裝

＊진천 [振天（長音）、震天（長音）]：振天、震天

＊진통 [陣痛、鎮痛（長音）]：陣痛、鎮痛

（二）閉音（收音）的尾音 ㅁ　MP3 **78**

若是尾音為閉音（收音）的情形，如，ㅁ發音的音價，會對應到注音符號的「ㄢ／ㄣ」上。

例如：

韓語發音	韓語漢字	中文發音
삼림	森林	ㄙㄣ ㄌㄧㄣˊ
삼목	杉木	ㄕㄢ ㄇㄨˋ
인삼	人蔘	ㄖㄣˊ ㄕㄣ
분담	分擔	ㄈㄣ ㄉㄢ
담당	擔當	ㄉㄢ ㄉㄤ
책임	責任	ㄗㄜˊ ㄖㄣˋ
임진	壬辰	ㄖㄣˊ ㄔㄣˊ
농담	弄談*	ㄋㄨㄥˋ ㄊㄢˊ
명함	名銜	ㄇㄧㄥˊ ㄒㄧㄢˊ
함정	陷穽	ㄒㄧㄢˋ ㄐㄧㄥˇ
염분	鹽分	ㄧㄢˊ ㄈㄣˋ
염산	鹽酸	ㄧㄢˊ ㄙㄨㄢ
잠복	潛伏	ㄑㄧㄢˊ ㄈㄨˊ
잠수	潛水	ㄑㄧㄢˊ ㄕㄨㄟˇ
잠시	暫時	ㄓㄢˋ ㄕˊ
잠실	蠶室	ㄘㄢˊ ㄕˋ
감각	感覺	ㄍㄢˇ ㄐㄩㄝˊ

韓語發音	韓語漢字	中文發音
감정	感情*	ㄍㄢˇ ㄑㄧㄥˊ
장점	長點*	ㄔㄤˊ ㄉㄧㄢˇ
단점	短點*	ㄉㄨㄢˇ ㄉㄧㄢˇ
평범	平凡	ㄆㄧㄥˊ ㄈㄢˊ
점령	占領	ㄓㄢˋ ㄌㄧㄥˇ
점검	點檢*	ㄉㄧㄢˇ ㄐㄧㄢˇ

＊농담［弄談］：玩笑

＊감정［感情、鑑定］：感情、鑑定

＊장점［長點］：優點、強項

＊단점［短點］：缺點、短處

＊점검［點檢］：逐一檢查

하면 된다.

只要做了就行。

（有志者事竟成）

附錄

一、韓語標準語規定

韓語標準語規定（韓國文教部告示第88-2號，1988.1.19.）第2部
（標準發音法）

第1章 總則

第1項 標準發音法係根據標準語的實際發音，以考量韓國語的傳統性與
合理性為原則而訂定之。

第2章 子音與母音

第2項 標準語的子音有下列19個。

ㄱ	ㄲ	ㄴ	ㄷ	ㄸ	ㄹ	ㅁ	ㅂ	ㅃ	ㅅ	ㅆ	ㅇ	ㅈ	ㅉ	ㅊ	ㅋ	ㅌ	ㅍ	ㅎ

第3項 標準語的母音有下列21個。

ㅏ	ㅐ	ㅑ	ㅒ	ㅓ	ㅔ	ㅕ	ㅖ	ㅗ	ㅘ	ㅙ	ㅚ	ㅛ	ㅜ	ㅝ	ㅞ	ㅟ	ㅠ	ㅡ	ㅢ	ㅣ

第4項 「ㅏ、ㅐ、ㅓ、ㅔ、ㅗ、ㅚ、ㅜ、ㅟ、ㅡ、ㅣ」為單母音。

〈附註〉「ㅚ、ㅟ」可為複合母音（二重母音）。

第5項 「ㅑ、ㅒ、ㅕ、ㅖ、ㅘ、ㅙ、ㅛ、ㅝ、ㅞ、ㅠ、ㅢ」為複合母音
（二重母音）。

但，1. 出現於用言活用形的「져、쪄、쳐」，發音為 [저、쩌、처]。

가지어 → 가져 [가저]　　　찌어 → 쪄 [쩌]

다치어 → 다쳐 [다처]

但，2.「예、례」以外的「ㅖ」，發音為 [ㅔ]。

계집 [계ː집／게ː집]　　　계시다 [계ː시다／게ː시다]

시계 [시계／시게]（時計）　　　연계 [연계／연게]（連繫）

메별 [메별／메별] （袂別）　　개폐 [개폐／개페] （開閉）

혜택 [혜ː택／헤ː택] （惠澤）　　지혜 [지혜／지헤] （智慧）

但，3. 帶有以子音為頭音（初聲）之音節中的「ㅢ」，發音為 [ㅣ]。

닐리리　　닝큼　　무늬　　띄어쓰기　　씌어

틔어　　희어　　희떱다　　희망　　유희

但，4. 單字的第一音節以外的「의」，發音為 [ㅣ]，助詞的「의」，也

可以發音為 [ㅔ]。

주의 [주의／주이]　　　　협의 [혀븨／혀비]

우리의 [우리의／우리에]　　강의의 [강ː의의／강ː이에]

第3章 音的長度

第6項 區別母音的長短而發音，原則上，以僅在單字的第一音節中才表
現成長音。

(1) 눈보라 [눈ː보라]　　말씨 [말ː씨]　　밤나무 [밤ː나무]

많다 [만ː타]　　멀리 [멀ː리]　　벌리다 [벌ː리다]

(2) 첫눈 [천눈]　　참말 [참말]　　쌍동밤 [쌍동밤]

수많이 [수ː마니]　　눈멀다 [눈멀다]　　떠벌리다 [떠벌리다]

但，複合語（合成語）的情形，第二音節以下也可以發出明顯的長音。

반신반의 [반ː신바ː늬／반ː신바ː니] 재삼재사 [재ː삼재ː사]

〈附註〉在用言的單音節語幹上，連接語尾「-아／-어」合併縮寫成一
個音節時，要發長音。

보아 → 봐 [봐ː]　　기어 → 겨 [겨ː]　　되어 → 돼 [돼ː]

두어 → 둬 [둬ː]　　하여 → 해 [해ː]

但，「오아 → 와、지어 → 져、찌어 → 쩌、치어 → 쳐」等，不用發出長音。

第7項 即使是帶有長音的音節，若有下列之情形者，可發成短音。

1. 在短音節用言語幹上，連接以母音為始的語尾時，

감다 [감:따] ― 감으니 [가므니]　밟다 [밥:따] ― 밟으면 [발브면]

신다 [신:따] ― 신어 [시너]　　　알다 [알:다] ― 알아 [아라]

但，下列情形則屬例外。

끌다 [끌:다] ― 끌어 [끄:러]　　떫다 [떨:따] ― 떫은 [떨:븐]

벌다 [벌:다] ― 벌어 [버:러]　　썰다 [썰:다] ― 썰어 [써:러]

없다 [업:따] ― 없으니 [업:쓰니]

2. 用言語幹連接被動態、使動態的接尾詞時，

감다 [감:따] ― 감기다 [감기다]　꼬다 [꼬:다] ― 꼬이다 [꼬이다]

밟다 [밥:따] ― 밟히다 [발피다]

但，下列情形則屬例外。

끌리다 [끌:리다]　　벌리다 [벌:리다]　　없애다 [업:쌔다]

〈附註〉下列之複合語（合成語）和原來的長度無關，都發短音。

밀-물　　　썰-물　　　쏜-살-같이　　　작은-아버지

第4章 尾音（終聲）的發音

第8項 尾音（終聲）只有「ㄱ、ㄴ、ㄷ、ㄹ、ㅁ、ㅂ、ㅇ」七個子音可以發音。

第9項 尾音（終聲）「ㄲ、ㅋ」、「ㅅ、ㅆ、ㅈ、ㅊ、ㅌ」、「ㅍ」在語尾或子音前面時，都各自發音成其代表音 [ㄱ、ㄷ、ㅂ]。

닦다 [닥따]	키읔 [키윽]	키읔과 [키윽꽈]
옷 [옫]	웃다 [욷ː따]	있다 [읻따]
젖 [젇]	빚다 [빋따]	꽃 [꼳]
쫓다 [쫃따]	솥 [솓]	뱉다 [밷ː따]
앞 [압]	덮다 [덥따]	

第10項 複合子音「ᆪ」、「ᆬ」、「ᆲ、ᆳ、ᆴ」、「ᆹ」在語尾或子音前面時，都各自發音成其代表音 [ㄱ、ㄴ、ㄹ、ㅂ]。

넋 [넉]	넋과 [넉꽈]	앉다 [안따]
여덟 [여덜]	넓다 [널따]	외곬 [외골]
핥다 [할따]	값 [갑]	없다 [업ː따]

但，「밟-」在子音前面，發音為 [밥]，「넓-」如下列情形時，發音為 [넙]。

(1) 밟다 [밥ː따]　　　밟소 [밥ː쏘]　　　밟지 [밥ː찌]
　　밟는 [밥ː는 → 밤ː는]　밟게 [밥ː께]　　밟고 [밥ː꼬]

(2) 넓-죽하다 [넙쭈카다]　　넓-둥글다 [넙뚱글다]

第11項 複合子音「ᆰ、ᆱ、ᆵ」在語尾或子音前面時，各自發音成 [ㄱ、ㅁ、ㅂ]。

닭 [닥]	흙과 [흑꽈]	맑다 [막따]
늙지 [늑찌]	삶 [삼ː]	젊다 [점ː따]
읊고 [읍꼬]	읊다 [읍따]	

但，用言的語幹尾音「ᆰ」在「ㄱ」前面時，發音為 [ㄹ]。

맑게 [말께]	묽고 [물꼬]	얽거나 [얼꺼나]

第12項 尾音（終聲）「ㅎ」的發音如下。

1. 在「ㅎ（ㄶ、ㅀ）」後面連接「ㄱ、ㄷ、ㅈ」時，與後音節的第一個音合起來，發音為 [ㅋ、ㅌ、ㅊ]。

놓고 [노코]　　　좋던 [조ː턴]　　　쌓지 [싸치]

많고 [만ː코]　　　않던 [안턴]　　　닳지 [달치]

〈附註〉尾音（終聲）「ㄱ（ㄺ）、ㄷ、ㅂ（ㄼ）、ㅈ（ㄵ）」與後音節的第一個音「ㅎ」結合起來時，也是兩音合併發音為 [ㅋ、ㅌ、ㅍ、ㅊ]。

각하 [가카]　　　먹히다 [머키다]　　　밝히다 [발키다]

맏형 [마텽]　　　좁히다 [조피다]　　　넓히다 [널피다]

꽂히다 [꼬치다]　　　앉히다 [안치다]

〈附註〉按照規定，發音為「ㄷ」的「ㅅ、ㅈ、ㅊ、ㅌ」的情形亦同。

옷 한 벌 [오탄벌]　　　　　낮 한때 [나탄때]

꽃 한 송이 [꼬탄송이]　　　숱하다 [수타다]

2. 「ㅎ（ㄶ、ㅀ）」後面連接「ㅅ」時，「ㅅ」的發音為 [ㅆ]。

닿소 [다쏘]　　　많소 [만ː쏘]　　　싫소 [실쏘]

3. 「ㅎ」後面連接「ㄴ」時，發音為 [ㄴ]。

놓는 [논는]　　　쌓네 [싼네]

〈附註〉「ㄶ、ㅀ」後面連接「ㄴ」時，「ㅎ」不發音。

않네 [안네]　　　　　　않는 [안는]

뚫네 [뚤네 → 뚤레]　　　뚫는 [뚤는 → 뚤른]

＊關於「뚫네 [뚤네 → 뚤레]、뚫는 [뚤는 → 뚤른]」，參照第20項。

4. 「ㅎ（ㄶ、ㅀ）」後面連接以母音為始的語尾或接尾詞時，「ㅎ」不發音。

낳은 [나은]　　　놓아 [노아]　　　쌓이다 [싸이다]

많아 [마:나]　　　않은 [아는]　　　닳아 [다라]

싫어도 [시러도]

第13項 尾音（終聲）為單子音或雙子音連接以母音為始的助詞、語尾或
接尾詞時，按其音價，發音要轉移到後音節的第一個音上。

깎아 [까까]　　　옷이 [오시]　　　있어 [이써]

낮이 [나지]　　　꽂아 [꼬자]　　　꽃을 [꼬츨]

쫓아 [쪼차]　　　밭에 [바테]　　　앞으로 [아프로]

덮이다 [더피다]

第14項 複合子音連接以母音為始的助詞、語尾或接尾詞時，後面的發音
要轉移到後音節的第一個音上。（此時，「ㅅ」要發音成硬音。）

넋이 [넉씨]　　　앉아 [안자]　　　닭을 [달글]

젊어 [절머]　　　곬이 [골씨]　　　핥아 [할타]

읊어 [을퍼]　　　값을 [갑쓸]　　　없어 [업:써]

第15項 尾音（終聲）後面是連接由母音「ㅏ、ㅓ、ㅗ、ㅜ、ㅟ」開始的
實質形態素時，換成代表音後，音要轉移到後音節的第一個音上
來發音。

밭 아래 [바다래]　　늪 앞 [느밥]　　젖어미 [저더미]

맛없다 [마덥따]　　겉옷 [거돋]　　헛웃음 [허두슴]

꽃 위 [꼬뒤]

但，「맛있다、멋있다」也可以發音為 [마싣따]、[머싣따]。

〈附註〉尾音（終聲）為複合子音的情形，只轉移到其中一個音上來發
音。

넋 없다 [너겁따]　　　　　　　닭 앞에 [다가페]

값어치 [가버치]　　　　　　　값있는 [가빈는]

第16項 韓文字母的名稱，其尾音（終聲）在連音時，「ㄷ、ㅈ、ㅊ、
　　　　ㅋ、ㅌ、ㅍ、ㅎ」的情形，其發音特別如下。

디귿이 [디그시]　　　디귿을 [디그슬]　　　디귿에 [디그세]

지읒이 [지으시]　　　지읒을 [지으슬]　　　지읒에 [지으세]

치읓이 [치으시]　　　치읓을 [치으슬]　　　치읓에 [치으세]

키읔이 [키으기]　　　키읔을 [키으글]　　　키읔에 [키으게]

티읕이 [티으시]　　　티읕을 [티으슬]　　　티읕에 [티으세]

피읖이 [피으비]　　　피읖을 [피으블]　　　피읖에 [피으베]

히읗이 [히으시]　　　히읗을 [히으슬]　　　히읗에 [히으세]

第5章 音的同化

第17項 尾音（終聲）「ㄷ、ㅌ（ㄾ）」連接助詞或接尾詞的母音「ㅣ」
　　　　時，換成 [ㅈ、ㅊ]，音要轉移到後音節的第一個音上來發音。

곧이듣다 [고지듣따]　　굳이 [구지]　　　　미닫이 [미다지]

땀받이 [땀바지]　　　　밭이 [바치]　　　　벼훑이 [벼훌치]

〈附註〉連接在「ㄷ」後面的「히」接尾詞，變成「티」，發音要發成
[치]。

굳히다 [구치다]　　　　닫히다 [다치다]　　　묻히다 [무치다]

第18項 尾音（終聲）「ㄱ（ㄲ、ㅋ、ㄳ、ㄺ）、ㄷ（ㅅ、ㅆ、ㅈ、ㅊ、
　　　　ㅌ、ㅎ）、ㅂ（ㅍ、ㄼ、ㄿ、ㅄ）」在「ㄴ、ㅁ」的前面時，要
　　　　發音為 [ㅇ、ㄴ、ㅁ]。

먹는 [멍는]　　　국물 [궁물]　　　깎는 [깡는]

키윽만 [키응만]　　몫몫이 [몽목씨]　　긁는 [긍는]

흙만 [흥만]　　　　닫는 [단는]　　　짓는 [진ː는]

옷맵시 [온맵씨]　　있는 [인는]　　　맞는 [만는]

젖멍울 [전멍울]　　쫓는 [쫀는]　　　꽃망울 [꼰망울]

붙는 [분는]　　　　놓는 [논는]　　　잡는 [잠는]

밥물 [밤물]　　　　앞마당 [암마당]　　밟는 [밤ː는]

읊는 [음는]　　　　없는 [엄ː는]　　　값매다 [감매다]

〈附註〉兩個單字連起來發音時，亦同。

책 넣는다 [챙넌는다]　　　　흙 말리다 [흥말리다]

옷 맞추다 [온맏추다]　　　　밥 먹는다 [밤멍는다]

값 매기다 [감매기다]

第19項 尾音（終聲）「ㅁ、ㅇ」後面連接的「ㄹ」，發音會變成 [ㄴ]。

담력 [담ː녁]　　　침략 [침냑]　　　강릉 [강능]

항로 [항ː노]　　　대통령 [대ː통녕]

〈附註〉連接在尾音「ㄱ、ㅂ」後面的「ㄹ」，發音也會變成 [ㄴ]。

막론 [막논 → 망논]　　　　백리 [백니 → 뱅니]

협력 [협녁 → 혐녁]　　　　십리 [십니 → 심니]

第20項 「ㄴ」在「ㄹ」的前面或後面，發音會變成 [ㄹ]。

(1) 난로 [날ː로]　　　신라 [실라]　　　천리 [철리]

　　광한루 [광ː할루]　　대관령 [대ː괄령]

(2) 칼날 [칼랄]　　　물난리 [물랄리]　　줄넘기 [줄럼끼]

　　할는지 [할른지]

〈附註〉頭音（初聲）「ㄴ」連接在「ㄶ」、「ㄹㅎ」後面的情形亦同。

닳는 [달른]　　　　　**뚫는 [뚤른]**　　　　　**핥네 [할레]**

但，下列單字的「ㄹ」，要發音為 [ㄴ]。

의견란 [의ː견난]　　　**임진란 [임ː진난]**　　　**생산량 [생산냥]**

결단력 [결딴녁]　　　**공권력 [공꿘녁]**　　　**동원령 [동ː원녕]**

상견례 [상견녜]　　　**횡단로 [횡단노]**　　　**이원론 [이ː원논]**

입원료 [이붠뇨]　　　**구근류 [구근뉴]**

第21項　除上述之外的子音同化，不予認定。

감기 [감ː기]（×[강ː기]）　　　**옷감 [옫깜]（×[옥깜]）**

있고 [읻꼬]（×[익꼬]）　　　**꽃길 [꼳낄]（×[꼭낄]）**

젖먹이 [전머기]（×[점머기]）　　**문법 [문뻡]（×[뭄뻡]）**

꽃밭 [꼳빧]（×[꼽빧]）

第22項　如下之用言的語尾，以發音成 **[어]** 為原則，也可以發音成 **[여]**。

되어 [되어／되여]　　　　　**피어 [피어／피여]**

〈附註〉「**이오、아니오**」也適用於此，可以發音成 **[이요、아니요]**。

第6章 硬音化

第23項　連接在尾音（終聲）「ㄱ（ㄲ、ㅋ、ㄳ、ㄹㄱ）、ㄷ（ㅅ、ㅆ、
　　　　ㅈ、ㅊ、ㅌ）、ㅂ（ㅍ、ㄹㅂ、ㄹㅍ、ㅂㅅ）」後面的「ㄱ、ㄷ、ㅂ、
　　　　ㅅ、ㅈ」，要發音成硬音。

국밥 [국빱]　　　　**깎다 [깍따]**　　　　**넋받이 [넉빠지]**

삯돈 [삭똔]　　　　**닭장 [닥짱]**　　　　**칡범 [칙뻠]**

뻗대다 [뻗때다]　　**옷고름 [옫꼬름]**　　**있던 [읻떤]**

꽂고 [꼳꼬]　　　　**꽃다발 [꼳따발]**　　**낯설다 [낟썰다]**

밭갈이 [받까리]　　　솥전 [솓쩐]　　　곱돌 [곱똘]

덮개 [덥깨]　　　　　옆집 [엽찝]　　　넓죽하다 [넙쭈카다]

읊조리다 [읍쪼리다]　값지다 [갑찌다]

第24項 連接在語幹尾音「ㄴ（ㄵ）、ㅁ（ㄻ）」後面的語尾第一個音如
「ㄱ、ㄷ、ㅅ、ㅈ」，要發音成硬音。

신고 [신ː꼬]　　　　껴안다 [껴안따]　　　앉고 [안꼬]

얹다 [언따]　　　　삼고 [삼ː꼬]　　　더듬지 [더듬찌]

닮고 [담ː꼬]　　　　젊지 [점ː찌]

但，被動態、使動態的接尾詞「-기-」，其發音不用發成硬音。

안기다　　　　　　　감기다　　　　　　굶기다

옮기다

第25項 連接在語幹尾音「ㄼ、ㄾ」後面的語尾第一個音如「ㄱ、ㄷ、
ㅅ、ㅈ」，要發音成硬音。

넓게 [널께]　　　　핥다 [할따]　　　　훑소 [훌쏘]

떫지 [떨ː찌]

第26項 漢字語中，連接在「ㄹ」尾音（終聲）後面的「ㄷ、ㅅ、ㅈ」，
要發音成硬音。

갈등 [갈뜽]　　　　발동 [발똥]　　　절도 [절또]

말살 [말쌀]　　　　불소（弗素）[불쏘]　일시 [일씨]

갈증 [갈쯩]　　　　물질 [물찔]　　　발전 [발쩐]

몰상식 [몰쌍식]　　불세출 [불쎄출]

但，同樣的漢字並列的情形，不用發成硬音。

허허실실 [허허실실]（虛虛實實）　절절-하다 [절절하다]（切切-）

第27項 連接在冠形詞形「-（으）ㄹ」後面的「ㄱ、ㄷ、ㅂ、ㅅ、ㅈ」，
要發音成硬音。

할 것을 [할꺼슬]　　갈 데가 [갈떼가]　　할 바를 [할빠를]

할 수는 [할쑤는]　　할 적에 [할쩌게]　　갈 곳 [갈꼳]

할 도리 [할또리]　　만날 사람 [만날싸람]

但，若是中斷（停頓）一下再發音時，可按慣例發音。

〈附註〉以「-（으）ㄹ」開始的語尾情形，亦同。

할걸 [할껄]　　　　할밖에 [할빠께]　　할세라 [할쎄라]

할수록 [할쑤록]　　할지라도 [할찌라도]　할지언정 [할찌언정]

할진대 [할찐대]

第28項 在表記上，即便是沒有附加在中間的「ㅅ」，但是必須要具有冠
形格功能「ㅅ」複合語（合成語）的情形，後面單字的第一個音
如「ㄱ、ㄷ、ㅂ、ㅅ、ㅈ」，其發音要發成硬音。

문-고리 [문꼬리]　　눈-동자 [눈똥자]　　신-바람 [신빠람]

산-새 [산쌔]　　　　손-재주 [손째주]　　길-가 [길까]

물-동이 [물똥이]　　발-바닥 [발빠닥]　　굴-속 [굴:쏙]

술-잔 [술짠]　　　　바람-결 [바람껼]　　그믐-달 [그믐딸]

아침-밥 [아침빱]　　잠-자리 [잠짜리]　　강-가 [강까]

초승-달 [초승딸]　　등-불 [등뿔]　　　　창-살 [창쌀]

강-줄기 [강쭐기]

第7章 音的添加

第29項 複合語（合成語）和衍生語中，前面的單字或是接頭詞的尾巴是
子音，後面的單字或是接尾詞的第一音節是「이、야、여、요、

유」的情形，要添加「ㄴ」，發音成 [니、냐、녀、뇨、뉴]。

솜 - 이불 [솜ː니불]　　　홑 - 이불 [혼니불]　　　막 - 일 [망닐]

삯 - 일 [상닐]　　　　　맨 - 입 [맨닙]　　　　　꽃 - 잎 [꼰닙]

내복 - 약 [내ː봉냑]　　　한 - 여름 [한녀름]　　　남존 - 여비 [남존녀비]

신 - 여성 [신녀성]　　　색 - 연필 [생년필]　　　직행 - 열차 [지캥녈차]

늑막 - 염 [능망념]　　　콩 - 엿 [콩녇]　　　　　담 - 요 [담ː뇨]

눈 - 요기 [눈뇨기]　　　영업 - 용 [영엄뇽]　　　식용 - 유 [시굥뉴]

국민 - 윤리 [궁민뉼리] 밤 - 윷 [밤ː뉻]

但，如下列字詞，要添加「ㄴ」發音，亦可按照表記發音。

이죽 - 이죽 [이중니죽／이주기죽]　야금 - 야금 [야금냐금／야그먀금]

검열 [검ː녈／거ː멸]　　　　　　　욜랑 - 욜랑 [욜랑뇰랑／욜랑욜랑]

금융 [금늉／그뮹]

〈附註〉添加在「ㄹ」尾音（終聲）後面的「ㄴ」音，要發音為 [ㄹ]。

들 - 일 [들ː릴]　　　　솔 - 잎 [솔립]　　　　설 - 익다 [설릭따]

물 - 약 [물략]　　　　　불 - 여우 [불려우]　　　서울 - 역 [서울력]

물 - 엿 [물렫]　　　　　휘발 - 유 [휘발류]　　　유들 - 유들 [유들류들]

〈附註〉將兩個單字連成一起發音時，亦同。

한 일 [한닐]　　　　　옷 입다 [온닙따]　　　서른여섯 [서른녀섣]

3 연대 [삼년대]　　　먹은 엿 [머근녇]

할 일 [할릴]　　　　　잘 입다 [잘립따]　　　스물여섯 [스물려섣]

1 연대 [일련대]　　　먹을 엿 [머글럳]

但，如下列單字中，不用添加「ㄴ（ㄹ）」音，直接發音。

6 · 25 [유기오]　　　　　　　　3 · 1절 [사밀쩔]

송별 - 연 [송ː벼련]　　　　　등 - 용문 [등용문]

第30項 附加在中間的「ㅅ」的單字，發音如下。

1. 在以「ㄱ、ㄷ、ㅂ、ㅅ、ㅈ」為首的單字前面，有附加在中間的「ㅅ」時，原則上，只有這些子音要發音成硬音，也可將中間的「ㅅ」發音為 [ㄷ]。

냇가 [내ː까／낻ː까]	샛길 [새ː낄／샏ː낄]
빨랫돌 [빨래똘／빨랟똘]	콧등 [코뜽／콛뜽]
깃발 [기빨／긷빨]	대팻밥 [대ː패빱／대ː팯빱]
햇살 [해쌀／핻쌀]	뱃속 [배쏙／밷쏙]
뱃전 [배쩐／밷쩐]	고갯짓 [고개찓／고갣찓]

2. 在中間「ㅅ」後面連接「ㄴ、ㅁ」時，要發音成 [ㄴ]。

콧날 [콛날 → 콘날]	아랫니 [아랟니 → 아랜니]
툇마루 [퇻ː마루 → 퇸ː마루]	뱃머리 [밷머리 → 밴머리]

3. 在中間「ㅅ」後面連接「이」音的情形，要發音成 [ㄴㄴ]。

베갯잇 [베갣닏 → 베갠닏]	깻잎 [깯닙 → 깬닙]
나뭇잎 [나묻닙 → 나문닙]	도리깻열 [도리깯녈 → 도리깬녈]
뒷윷 [뒫ː늋 → 뒨ː늋]	

二、韓語漢字音與閩南語之發音對照表

　　韓文當中有很多字彙源自於漢字，其發音和台語有很多相似之處，甚至兩者發音幾乎一模一樣的不在少數。筆者經過篩選、比對之後，列表如後。

　　本表中出現的標音儘量以實際發音標記，提供學習者參考。有些部分會與韓國文化體育觀光部公布的羅馬標記有所出入，這是因為關係到轉音或氣息掌控部分的緣故，特此說明。

韓語漢字音與台語（閩南語）音之對照

韓文	韓語發音	漢字	台語發音
가구	[kagu]	家具	[gagu]
가미	[kami]	加味	[ga-b(m)i]
가보	[kabo]	家寶	[gabə]
가용	[kayong]	家用	[gayong]
가산	[kasan]	家產	[gaʻsan]
각도	[kakddo]	角度	[ʻgakddo]
간계	[kange]	奸計	[gange]
간고	[kango]	艱苦	[ganko]
간단	[kandan]	簡單	[gandan]
간섭	[kanseob]	干涉	[ganshab]
간신	[kansin]	奸臣	[gansin]
감각	[kam:gak]	感覺	[gamggak]
감동	[kam:dong]	感動	[gamdoŋ]

韓文	韓語發音	漢字	台語發音
감로	[kamno]	甘露	[gamro]
감사	[kam:sa]	感謝	[gamsha]
감시	[kamsi]	監視	[ˈgamsi]
감찰	[kamchʰal]	監察	[ˈgamchar]
감초	[kamchʰo]	甘草	[ganˈchə]
감탄	[kam:tʰan]	感嘆	[gamtʰan]
감화	[kam:hwa]	感化	[gamhwa]
강남	[kangnam]	江南	[gangnam]
객관	[kaekggwan]	客觀	[ˈkɛggwan]
계속	[ke:sok]	繼續	[ˈgeˈshyək]
계약	[ke:yak]	契約	[ˈkejək]
계획	[ke:hwek]	計畫	[ˈgekwe]
고객	[kogaek]	顧客	[ˈgokɛk]
고군	[kogun]	孤軍	[gogun]
고례	[ko:le]	古例	[gore]
고립	[kolib]	孤立	[goˈrik]
고문	[ko:mun]	古文	[gomun]
고물	[ko:mul]	古物	[gomuk]
고속	[kosok]	高速	[gəsok]
고시	[ko:si]	古詩	[gosi]
고식	[ko:sik]	古式	[gosik]
고심	[kosim]	苦心	[kosim]

韓文	韓語發音	漢字	台語發音
고의	[ko:i]	故意	[ˈgoï]
고집	[kojib]	固執	[ˈgojib]
고찰	[kochʰal]	考察	[kəˈchar]
고판	[ko:pʰan]	古版	[goˈban]
고향	[kohyang]	故鄉	[ˈgohjəng]
공간	[konggan]	空間	[konggan]
공군	[konggun]	空軍	[konggun]
공로	[kongno]	功勞	[gongrə:]
공리	[kongni]	公理	[gongˈli]
공리	[kongni]	公利	[gongli]
공립	[kongnib]	公立	[gonglib]
공민	[kongmin]	公民	[gongmin]
공주	[kongju]	公主	[gongˈju]
공휴	[konghyu]	公休	[gonghju]
과도	[kwa:do]	過度	[ˈgwedo]
관람	[kwallam]	觀覽	[gwanˈlam]
관심	[kwansim]	關心	[gwansim]
관용	[kwanyong]	寬容	[kwanyong]
관제	[kwanje]	管制	[gwanje]
국가	[kukgga]	國家	[ˈgokga]
국기	[kukggi]	國旗	[ˈgok-gi:]
국립	[kungnib]	國立	[ˈgoklib]

韓文	韓語發音	漢字	台語發音
국보	[kukbbo]	國寶	[ˈgokbə]
국산	[kukssan]	國產	[ˈgosan]
국제	[kukjje]	國際	[ˈgokdze]
군기	[kungi]	軍旗	[gungi:]
군민	[kunmin]	軍民	[gummin]
군비	[kunbi]	軍備	[gunbi]
군주	[kunju]	君主	[gunˋdzu]
권리	[kwolli]	權利	[kwanli]
권위	[kwonwi]	權威	[kwanwi]
귀빈	[kwi:bin]	貴賓	[ˈgwikbin]
귀신	[kwi:sin]	鬼神	[gwisin]
기간	[kigan]	期間	[gigan]
기도	[kido]	祈禱	[giˋdə]
기록	[kilok]	記錄	[ˈgi:rok]
기압	[kiab]	氣壓	[ˈkiab]
난간	[nangan]	欄杆	[langan]
난관	[nangwan]	難關	[nangwan]
난산	[nansan]	難產	[nanˋsan]
난용	[na:nyong]	亂用	[lawnyong]
남산	[namsan]	南山	[lamsan]
내빈	[nae:bin]	來賓	[laibin]
노고	[nogo]	勞苦	[ləˋko]

韓文	韓語發音	漢字	台語發音
노동	[nodong]	勞動	[lədong]
노심	[nosim]	勞心	[ləsim]
녹용	[nogyong]	鹿茸	[logjong]
농가	[nongga]	農家	[loŋga]
도살	[tosal]	屠殺	[dəˋsar]
독립	[tongnib]	獨立	[doklib]
독소	[toksso]	毒素	[doksok]
독신	[tokssin]	獨身	[doksin]
동감	[tonggam]	同感	[dongˋgam]
동맥	[tong:maek]	動脈	[dongmek]
동물	[tong:mul]	動物	[dongˋmu]
동산	[tong:san]	動產	[dongˋsan]
동시	[tongsi]	同時	[donsi:]
동심	[tong:sim]	童心	[dongsim]
동요	[tong:yo]	童謠	[dongyə:]
동의	[tongi]	同意	[dongi:]
마비	[mabi]	麻痺	[mabi]
마취	[machʰwi]	麻醉	[majwi]
만류	[mallyu]	挽留	[manlyu]
만리	[mal:li]	萬里	[manˋli]
만세	[man:se]	萬歲	[manswe]
매표	[mae:pʰyo]	賣票	[mephyə]

韓文	韓語發音	漢字	台語發音
모친	[mo:chʰin]	母親	[məchhin]
모필	[mopʰil]	毛筆	[mobik]
무고	[mu:go]	誣告	[mu:gə]
무고	[mugo]	無辜	[mugo]
무고	[mugo]	無故	[mugo:]
무기	[mu:gi]	武器	[muki:]
무술	[mu:sul]	武術	[mu'suk]
무신	[mu:sin]	武臣	[musin]
문관	[mungwan]	文官	[mungwan]
문구	[mungu]	文具	[mungu]
문무	[munmu]	文武	[mun'mu]
문신	[munsin]	文臣	[munsin]
문학	[munhak]	文學	[munhak]
문화	[munhwa]	文化	[munhwa]
미감	[mi:gam]	美感	[mi'gam]
미술	[mi:sul]	美術	[mi'suk]
민간	[mingan]	民間	[mingan]
민감	[mingam]	敏感	[min'gam]
민심	[minsim]	民心	[minsim]
민유	[minyu]	民有	[min'yu]
민족	[minjok]	民族	[minjok]
민주	[minju]	民主	[min'ju]

韓文	韓語發音	漢字	台語發音
밀담	[milddam]	密談	[mikdam]
박사	[pakssa]	博士	[poksu]
방직	[pangjik]	紡織	[pangjik]
보신	[po:sin]	保身	[bəsin]
보조	[po:jo]	補助	[bojo]
산물	[san:mul]	產物	[san'muk]
소송	[sosong]	訴訟	['sosong]
속도	[sokddo]	速度	['sokddo]
속박	[sokbbak]	束縛	['sokbbak]
속보	[sokbbo]	速報	['sokbə]
수리	[suli]	修理	[sju'li]
시간	[sigan]	時間	[sigan]
시조	[si:jo]	始祖	[si'jo]
시집	[sijib]	詩集	[sijib]
시학	[sihak]	詩學	[sihak]
신문	[sinmun]	新聞	[sinmun]
신도	[sin:do]	信徒	['sindo:]
신동	[sindong]	神童	[sindong]
신비	[sinbi]	神秘	[sinbi]
심리	[simni]	心理	[simli]
안심	[ansim]	安心	[ansim]
완구	[wan:gu]	玩具	[wangu]

韓文	韓語發音	漢字	台語發音
완비	[wanbi]	完備	[wanbi]
용구	[yong:gu]	用具	[yonggu]
용기	[yong:gi]	勇氣	[yongki]
운동	[un:dong]	運動	[undong]
운수	[un:su]	運輸	[unsu]
위난	[winan]	為難	[wilan]
유관	[yu:gwan]	有關	[yugwan]
유기	[yu:gi]	有機	[yugi]
인도	[indo]	引導	[ində]
제도	[che:do]	制度	['jedo]
제도	[che:do]	製圖	['jedo:]
제조	[che:jo]	製造	['jejə]
조직	[chojik]	組織	[jojik]
조화	[cho:hwa]	造化	[jəhwa]
종지	[chongji]	宗旨	[jong'ji]
주관	[jugwan]	主觀	[jugwan]
주도	[judo]	主導	[judə]
주류	[julyu]	主流	[julyu]
주목	[ju:mok]	注目	['jumok]
주시	[ju:si]	注視	['jusi]
주의	[ju:i]	注意	['ju i:]
주인	[juin]	主因	[juin]

韓文	韓語發音	漢字	台語發音
지문	[jimun]	指紋	[jimun]
지시	[jisi]	指示	[jisi]
직위	[jigwi]	職位	[ˈji-wi]
직포	[jikpʰo]	織布	[ˈjibbo]
진도	[jin:do]	進度	[ˈjindo]
진동	[jin:dong]	震動	[ˈjindong]
진보	[jin:bo]	進步	[ˈjinbo]
진심	[jinsim]	真心	[jinsim]
진주	[jinju]	珍珠	[jinju]
진퇴	[jin:tʰwe]	進退	[ˈjinte]
참고	[chʰamgo]	參考	[chhamˋkə]
참관	[chʰamgwan]	參觀	[chhamgwan]
참모	[chʰammo]	參謀	[chhammo:]
참회	[chʰamhwe]	懺悔	[chhamˋhwe]
초기	[chʰogi]	初期	[chhogi:]
친우	[chʰinu]	親友	[chhinˋyu]
탐심	[tʰamsim]	貪心	[tʰamsim]
통고	[tʰonggo]	通告	[tʰonggə]
통고	[tʰong:go]	痛苦	[ˈtongˋko:]
통관	[tʰonggwan]	通關	[tʰonggwan]
통로	[tʰongno]	通路	[tʰonglo]
통보	[tʰongbo]	通報	[tʰongbə]

韓文	韓語發音	漢字	台語發音
통신	[tʰongsin]	通信	[tʰongsim]
통제	[tʰong:je]	統制	[tʰongje]
포도	[pʰodo]	葡萄	[pudə]
폭포	[pʰokpʰo]	瀑布	[ˋpʰokbə:]
표백	[pʰyobaek]	漂白	[ˋpʰyobe]
피고	[pʰi:go]	被告	[bigə]
피로	[pʰilo]	疲勞	[pilə:]
학리	[hangni]	學理	[hak-ˋli]
학문	[hangmun]	學問	[hak-mun]
학보	[hakbbo]	學報	[hak-bə]
학술	[hakssul]	學術	[hak-suk]
학위	[hagwi]	學位	[hak-wi]
학제	[hakjje]	學制	[hak-je]
학회	[hakʰwe]	學會	[hak-hwe]
한류	[hallyu]	韓流	[hanlyu]
한문	[han:mun]	漢文	[ˋhanmun]
합계	[habgge]	合計	[habgge]
합리	[hamni]	合理	[habˋli]
합반	[habbban]	合班	[habban]
항공	[hang:gong]	航空	[hangkong]
향토	[hyangtʰo]	鄉土	[hyangˋtho]
호감	[ho:gam]	好感	[həˋgam]

韓文	韓語發音	漢字	台語發音
호기	[hogi]	呼氣	[hokhi]
호신	[ho:sin]	護身	[hosin]
호주	[ho:ju]	戶主	[ho'ju]
호한	[ho:han]	好漢	[həhan]
회고	[hwego]	回顧	[hwego]
회담	[hwe:dam]	會談	[hwedam]
회합	[hwe:hab]	會合	[hwehab]
휴가	[hyuga]	休假	[hyu'ga]
휴관	[hyugwan]	休館	[hyu'gwan]
휴학	[hyuhak]	休學	[hyuhak]
희망	[himang]	希望	[himang]

　　以上羅列資料是筆者將韓文字與台語之發音，較為相似或是完全一樣的單字整理出來，提供參考，藉由兩者之間的對應關係，多少可以幫助學習者容易切入發音。

　　台語發音有八聲，韓語沒有四聲或八聲的問題存在，但是連音、轉音、子音接變、平音（**평음**）、激音（**격음**）、硬音（**경음**）等問題，卻是初學者較難掌控的問題。從以上整理之資料比較之後，可以看出兩者雷同之處。然而，又可瞭解到其中具有<同中求異>的地方。茲將兩者比較說明如後：

相異之處	韓語	台語	例字
1. 微氣音	○	×	**가구** [kagu]／家具 [gagu]
2. 重音	×	○	**공주** [kongju]／公主 [gongˈju] **호감** [ho:gam]／好感 [həˈgam] **호주** [ho:ju]／戶主 [hoˈju] **휴관** [hyugwan]／休館 [hyuˈgwan]
3. 子音接變	○	×	**공립** [kongnib]／公立 [gonglib] **권리** [kwolli]／權利 [kwanli] **독립** [tongnib]／獨立 [doklib] **만리** [mal:li]／萬里 [manˈli] **심리** [simni]／心理 [simˈli] **학문** [hangmun]／學問 [hakmun]
4. 母音陽轉陰	ㅗ [o]	ㅓ [ə]	**통보** [tʰongbo]／通報 [tʰoŋbə] **학보** [hakbbo]／學報 [hakbə] **피고** [pʰi:go]／被告 [bigə]
5. 母音陽轉陰	ㅑ [ya]	ㅕ [jə]	**고향** [kohyang]／故鄉 [ˈgohjəng]
6. 母音陽轉陰	ㅘ [wa]	ㅞ [we]	**과도** [kwa:do]／過度 [ˈgwedo]
7. 母音陰轉陽	ㅜ [u]	ㅗ [o]	**국가** [kukgga]／國家 [ˈgokga] **국보** [kukbbo]／國寶 [ˈgokbə]
8. 母音陰轉陰	ㅜ [u]	ㅠ [ju]	**수리** [suli]／修理 [sjuˈli]
9. 漢字音頭音法則	○	×	**노고** [nogo]／勞苦 [ləˈko] **노동** [nodong]／勞動 [lədong]
10. 送氣與不送氣	送氣	不送氣	**마취** [machʰwi]／麻醉 [majwi] **고판** [ko:pʰan]／古版 [goˈban]

　　以上所整理、歸納、分析之資料，主要目的在於幫助台灣的學習者了解台語（閩南語）字音與韓語字音之間的對應關係，並且希望以台語為母語的學習者能夠進而利用這些對應關係，輕鬆學習韓語，幫助學習者加強記憶韓語的字音，提高學習韓語的樂趣。

三、羅馬字表（標）記法

第1章 表（標）記的基本原則

第1項 韓語羅馬字的標記係以根據韓語的標準發音法所記載的規定為原則。

第2項 儘量不使用羅馬字以外的符號。

第2章 標記一覽

第1項 母音的標記符號如下。

1. 單母音

ㅏ	ㅓ	ㅗ	ㅜ	ㅡ	ㅣ	ㅐ	ㅔ	ㅚ	ㅟ
a	eo	o	u	eu	i	ae	e	oe	wi

2. 複合母音

ㅑ	ㅕ	ㅛ	ㅠ	ㅒ	ㅖ	ㅘ	ㅙ	ㅝ	ㅖ	ㅢ
ya	yeo	yo	yu	yae	ye	wa	wae	wo	we	ui

〈附註1〉「ㅢ」即使發音成「ㅣ」的音，也要標記成「ui」。

• （範例）**광희문** Gwanghuimun

〈附註2〉不另外處理長母音的標記。

第2項 子音的標記符號如下。

1. 破裂音

ㄱ	ㄲ	ㅋ	ㄷ	ㄸ	ㅌ	ㅂ	ㅃ	ㅍ
g, k	kk	k	d, t	tt	t	b, p	pp	p

2. 破擦音

ㅈ	ㅉ	ㅊ
j	jj	ch

3. 摩擦音

ㅅ	ㅆ	ㅎ
s	ss	h

4. 鼻音

ㄴ	ㅁ	ㅇ
n	m	ng

5. 流音

ㄹ
r, l

〈附註1〉「ㄱ、ㄷ、ㅂ」在母音之前時，標記成「g、d、b」，在子音之前或在語尾時，標記成「k、t、p」。（按照 [ ] 內的發音標記。）

구미	Gumi
영동	Yeongdong
백암	Baegam
옥천	Okcheon
합덕	Hapdeok
호법	Hobeop
월곶 [월곧]	Wolgot
벚꽃 [벋꼳]	Beotkkot

한밭 [한밭]	Hanbat

〈附註2〉「ㄹ」在母音之前時，標記成「r」，在子音之前或在語尾時，標記成「l」。但，「ㄹㄹ」要標記成「ll」。

구리	Guri
설악	Seorak
칠곡	Chilgok
임실	Imsil
울릉	Ulleung
대관령 [대괄령]	Daegwallyeong

第3章 標記上的注意事項

第1項 當音韻產生變化時，根據變化的結果，標記如下。

1. 子音之間發生同化現象的情形

백마 [뱅마]	Baengma
신문로 [신문노]	Sinmunno
종로 [종노]	Jongno
왕십리 [왕심니]	Wangsimni
별내 [별래]	Byeollae
신라 [실라]	Silla

2.「ㄴ、ㄹ」疊生的情形

학여울 [항녀울]	Hangnyeoul
알약 [알략]	allyak

3. 形成口蓋音化的情形

해돋이 [해도지]	haedoji
같이 [가치]	gachi
맞히다 [마치다]	machida

4.「ㄱ、ㄷ、ㅂ、ㅈ」和「ㅎ」連接起來，發出氣音的情形

좋고 [조코]	joko
놓다 [노타]	nota
잡혀 [자펴]	japyeo
낳지 [나치]	nachi

但，在體言中，「ㄱ、ㄷ、ㅂ」之後，跟隨著「ㅎ」時，「ㅎ」要標記清楚。

• 묵호（Mukho）

• 집현전（Jiphyeonjeon）

〈附註〉變成硬音的部分，不反映在標記上。

압구정	Apgujeong
낙동강	Nakdonggang
죽변	Jukbyeon
낙성대	Nakseongdae
합정	Hapjeong
팔당	Paldang
샛별	saetbyeol
울산	Ulsan

第2項 若在發音上有混淆的疑慮時，音節之間可使用連字符號（ - ）。

중앙	Jung-ang
반구대	Ban-gudae
세운	Se-un
해운대	Hae-undae

第3項 專有名詞第一個字用大寫標記。

부산	Busan
세종	Sejong

第4項 人名按照姓和名字的順序空一格書寫，名字以連寫方式為原則，音
　　　節之間可使用連字符號（ - ）。（可用（ ）內的標記方式。）

• **민용하** Min Yongha（Min Yong-ha）

• **송나리** Song Nari（Song Na-ri）

1. 名字若發生音韻變化時，不反映在標記上。

한복남	Han Boknam (Han Bok-nam)
홍빛나	Hong Bitna (Hong Bit-na)

2. 姓的標記另訂定之。

第5項「道、市、郡、區、邑、面、里、洞」的行政區域單位和「街」，
　　　各自以「do、si、gun、gu、eup、myeon、ri、dong、ga」標記，
　　　在其前面加上連字符號（ - ）。

충청북도	Chungcheongbuk-do
제주도	Jeju-do
의정부시	Uijeongbu-si

양주군	Yangju-gun
도봉구	Dobong-gu
신창읍	Sinchang-eup
삼죽면	Samjuk-myeon
인왕리	Inwang-ri
당산동	Dangsan-dong
봉천 1동	Bongcheon 1(il)-dong
퇴계로 3가	Toegyero 3(sam)-ga
퇴계로 3가	Toegyero 3(sam)-ga

〈附註〉可以省略「市、郡、邑」的行政區域單位。

청주시	Cheongju
함평군	Hampyeong
순창읍	Sunchang

第6項 自然指定物名、文化財名、人工築造物名不用連字符號（-）。

남산	Namsan
속리산	Songnisan
금강	Geumgang
독도	Dokdo
경복궁	Gyeongbokgung
무량수전	Muryangsujeon
연화교	Yeonhwagyo
극락전	Geungnakjeon

안압지	Anapji
남한산성	Namhansanseong
화랑대	Hwarangdae
불국사	Bulguksa
현충사	Hyeonchungsa
독립문	Dongnimmun
오죽헌	Ojukheon
촉석루	Chokseongnu
종묘	Jongmyo
다보탑	Dabotap

第7項 人名、公司名、團體名稱等可以使用過去沿用下來的標示法。

第8項 在學術研究論文等特殊領域上，以復原韓文字為前提而標記時，應以韓文字標記為對象來標記。

此時，文字的對應根據第2章的規定，「ㄱ、ㄷ、ㅂ、ㄹ」只能標記為「g、d、b、l」。沒有音價的「ㅇ」，用連字符號（-）標記，以省略語頭為原則。其他若有需要分節的情形，也用連字符號（-）標示。

집	jib
짚	jip
밖	bakk
값	gabs
붓꽃	buskkoch
먹는	meogneun

독립	doglib* (tongnib)
문리	Munli* (mulli)
물엿	mul-yeos
굳이	gud-i
좋다	johda
가곡	gagog
조랑말	jolangmal
없었습니다	eobs-eoss-seubnida

＊筆者註：括弧內的標記為實際正確的發音。

附則

① （施行日）本規定自公告日起實施。

② （對於標誌板的過程處理）本標記法實施後，根據以往標記法所設置的標誌板（道路、廣告物、文化財等的導覽牌），應在 2005 年 12 月 31 日前，按照本標記法處理之。

③ （對於出版物等的過程處理）本標記法實施後，根據以往標記法所發行的教科書等出版物，應在 2002 年 2 月 28 日前，按照本標記法處理之。

（四）常用韓語字羅馬標記表

ㄱ		
가	ga	
각	gak	
간	gan	
갈	gal	
감	gam	
갑	gap	
갓	gat	
강	gang	
개	gae	
객	gaek	
거	geo	
건	geon	
걸	geol	
검	geom	
겁	geop	
게	ge	
겨	gyeo	
격	gyeok	
견	gyeon	
결	gyeol	
겸	gyeom	
겹	gyeop	
경	gyeong	
계	gye	
고	go	
곡	gok	
곤	gon	

골	gol
곳	got
공	gong
곶	got
과	gwa
곽	gwak
관	gwan
괄	gwal
광	gwang
괘	gwae
괴	goe
굉	goeng
교	gyo
구	gu
국	guk
군	gun
굴	gul
굿	gut
궁	gung
권	gwon
궐	gwol
귀	gwi
규	gyu
균	gyun
귤	gyul
그	geu
극	geuk
근	geun
글	geul

금	geum
급	geup
긍	geung
기	gi
긴	gin
길	gil
김	gim
까	kka
깨	kkae
꼬	kko
꼭	kkok
꽃	kkot
꾀	kkoe
꾸	kku
꿈	kkum
끝	kkeut
끼	kki

ㄴ	
나	na
낙	nak
난	nan
날	nal
남	nam
납	nap
낭	nang
내	nae
냉	naeng
너	neo

널	neol
네	ne
녀	nyeo
녁	nyeok
년	nyeon
념	nyeom
녕	nyeong
노	no
녹	nok
논	non
놀	nol
농	nong
뇌	noe
누	nu
눈	nun
눌	nul
느	neu
늑	neuk
늠	neum
능	neung
늬	nui
니	ni
닉	nik
닌	nin
닐	nil
님	nim

ㄷ	
다	da

단	dan	뚝	ttuk	류	ryu	멸	myeol
달	dal	뜨	tteu	륙	ryuk	명	myeong
담	dam	띠	tti	륜	ryun	모	mo
답	dap			률	ryul	목	mok
당	dang	**ㄹ**		륭	ryung	몰	mol
대	dae	라	ra	르	reu	못	mot
댁	daek	락	rak	륵	reuk	몽	mong
더	deo	란	ran	른	reun	뫼	moe
덕	deok	람	ram	름	reum	묘	myo
도	do	랑	rang	릉	reung	무	mu
독	dok	래	rae	리	ri	묵	muk
돈	don	랭	raeng	린	rin	문	mun
돌	dol	량	ryang	림	rim	물	mul
동	dong	렁	reong	립	rip	므	meu
돼	dwae	레	re			미	mi
되	doe	려	ryeo	**ㅁ**		민	min
된	doen	력	ryeok	마	ma	밀	mil
두	du	련	ryeon	막	mak		
둑	duk	렬	ryeol	만	man	**ㅂ**	
둔	dun	렴	ryeom	말	mal	바	ba
뒤	dwi	렵	ryeop	망	mang	박	bak
드	deu	령	ryeong	매	mae	반	ban
득	deuk	례	rye	맥	maek	발	bal
들	deul	로	ro	맨	maen	밥	bap
등	deung	록	rok	맹	maeng	방	bang
디	di	론	ron	머	meo	배	bae
따	tta	롱	rong	먹	meok	백	baek
땅	ttang	뢰	roe	메	me	뱀	baem
때	ttae	료	ryo	며	myeo	버	beo
또	tto	룡	ryong	멱	myeok	번	beon
뚜	ttu	루	ru	면	myeon	벌	beol

범	beom	삭	sak	숨	sum	애	ae
법	beop	산	san	숭	sung	액	aek
벼	byeo	살	sal	쉬	swi	앵	aeng
벽	byeok	삼	sam	스	seu	야	ya
변	byeon	삽	sap	슬	seul	약	yak
별	byeol	상	sang	슴	seum	얀	yan
병	byeong	샅	sat	습	seup	양	yang
보	bo	새	sae	승	seung	어	eo
복	bok	색	saek	시	si	억	eok
본	bon	생	saeng	식	sik	언	eon
봉	bong	서	seo	신	sin	얼	eol
부	bu	석	seok	실	sil	엄	eom
북	buk	선	seon	심	sim	업	eop
분	bun	설	seol	십	sip	에	e
불	bul	섬	seom	싱	sing	여	yeo
붕	bung	섭	seop	싸	ssa	역	yeok
비	bi	성	seong	쌍	ssang	연	yeon
빈	bin	세	se	쌔	ssae	열	yeol
빌	bil	셔	syeo	쏘	sso	염	yeom
빔	bim	소	so	쑥	ssuk	엽	yeop
빙	bing	속	sok	씨	ssi	영	yeong
빠	ppa	손	son			예	ye
빼	ppae	솔	sol	**ㅇ**		오	o
뻐	ppeo	솟	sot	아	a	옥	ok
뽀	ppo	송	song	악	ak	온	on
뿌	ppu	쇄	swae	안	an	올	ol
쁘	ppeu	쇠	soe	알	al	옴	om
삐	ppi	수	su	암	am	옹	ong
		숙	suk	압	ap	와	wa
ㅅ		순	sun	앙	ang	완	wan
사	sa	술	sul	앞	ap	왈	wal

왕	wang	익	ik	주	ju	채	chae
왜	wae	인	in	죽	juk	책	chaek
외	oe	일	il	준	jun	처	cheo
왼	oen	임	im	줄	jul	척	cheok
요	yo	입	ip	중	jung	천	cheon
욕	yok	잉	ing	쥐	jwi	철	cheol
용	yong			즈	jeu	첨	cheom
우	u	**ㅈ**		즉	jeuk	첩	cheop
욱	uk	자	ja	즐	jeul	청	cheong
운	un	작	jak	즘	jeum	체	che
울	ul	잔	jan	즙	jeup	초	cho
움	um	잠	jam	증	jeung	촉	chok
웅	ung	잡	jap	지	ji	촌	chon
워	wo	장	jang	직	jik	총	chong
원	won	재	jae	진	jin	최	choe
월	wol	쟁	jaeng	질	jil	추	chu
위	wi	저	jeo	짐	jim	축	chuk
유	yu	적	jeok	집	jip	춘	chun
육	yuk	전	jeon	징	jing	출	chul
윤	yun	절	jeol	짜	jja	춤	chum
율	yul	점	jeom	째	jjae	충	chung
융	yung	접	jeop	쪼	jjo	측	cheuk
윷	yut	정	jeong	찌	jji	층	cheung
으	eu	제	je			치	chi
은	eun	조	jo	**ㅊ**		칙	chik
을	eul	족	jok	차	cha	친	chin
음	eum	존	jon	착	chak	칠	chil
읍	eup	졸	jol	찬	chan	침	chim
응	eung	종	jong	찰	chal	칩	chip
의	ui	좌	jwa	참	cham	칭	ching
이	i	죄	joe	창	chang		

ㅋ

코	ko
쾌	kwae
크	keu
큰	keun
키	ki

ㅌ

타	ta
탁	tak
탄	tan
탈	tal
탐	tam
탑	tap
탕	tang
태	tae
택	taek
탱	taeng
터	teo
테	te
토	to
톤	ton
톨	tol
통	tong
퇴	toe
투	tu
퉁	tung
튀	twi
트	teu
특	teuk
틈	teum
티	ti

ㅍ

파	pa
판	pan
팔	pal
패	pae
팽	paeng
퍼	peo
페	pe
펴	pyeo
편	pyeon
폄	pyeom
평	pyeong
폐	pye
포	po
폭	pok
표	pyo
푸	pu
품	pum
풍	pung
프	peu
피	pi
픽	pik
필	pil
핍	pip

ㅎ

하	ha
학	hak
한	han
할	hal
함	ham
합	hap
항	hang
해	hae
핵	haek
행	haeng
향	hyang
허	heo
헌	heon
험	heom
헤	he
혀	hyeo
혁	hyeok
현	hyeon
혈	hyeol
혐	hyeom
협	hyeop
형	hyeong
혜	hye
호	ho
혹	hok
혼	hon
홀	hol
홉	hop
홍	hong
화	hwa
확	hwak
환	hwan
활	hwal
황	hwang
홰	hwae
횃	hwaet
회	hoe
획	hoek
횡	hoeng
효	hyo
후	hu
훈	hun
훤	hwon
훼	hwe
휘	hwi
휴	hyu
휼	hyul
흉	hyung
흐	heu
흑	heuk
흔	heun
흘	heul
흠	heum
흡	heup
흥	heung
희	hui
흰	huin
히	hi
힘	him

國家圖書館出版品預行編目資料

我的第一堂韓語發音課-游娟鐶老師的韓語發音祕笈 / 游娟鐶作
--初版--臺北市:瑞蘭國際, 2012.07
208面;17 x 23公分--(繽紛外語系列;17)
ISBN 978-986-5953-02-7(平裝附光碟片)
1.韓語 2.發音

803.24   101008634

繽紛外語系列 17

我的第一堂
韓語發音課

游娟鐶老師的韓語發音祕笈

作著|游娟鐶・責任編輯|王彥萍、周羽恩、呂依臻

韓語錄音|金鉉泰、宋國彬・錄音室|采漾錄音製作有限公司
封面・版型設計|余佳憓・內文排版|帛格有限公司、余佳憓・插畫|Rebecca
校對|游娟鐶、王彥萍、周羽恩、呂依臻・印務|王彥萍

董事長|張暖彗・社長|王愿琦・總編輯|こんどうともこ
主編|呂依臻・副主編|葉仲芸・編輯|周羽恩・美術編輯|余佳憓
企畫部主任|王彥萍・網路行銷・客服|楊米琪

出版社|瑞蘭國際有限公司・地址|台北市大安區安和路一段104號7樓之1
電話|(02)2700-4625・傳真|(02)2700-4622・訂購專線|(02)2700-4625
劃撥帳號|19914152 瑞蘭國際有限公司・瑞蘭網路書城|www.genki-japan.com.tw

總經銷|聯合發行股份有限公司・電話|(02)2917-8022、2917-8042
傳真|(02)2915-6275、2915-7212・印刷|宗祐印刷有限公司
出版日期|2012年07月初版1刷・定價|320元・ISBN|978-986-5953-02-7

瑞蘭國際